# BLOUSE

ANTOINE SÉNANQUE

# BLOUSE

BERNARD GRASSET
PARIS

*à Quilina, Clara et Pierre*

## SCLÉROSE LATÉRALE AMYOTROPHIQUE (S.L.A.)
## MALADIE DE CHARCOT

### *HISTORIQUE :*

*Description de la maladie en 1874 par Charcot : 20 cas cliniques + 5 autopsies à l'hôpital de la Salpêtrière*

### *ÉPIDÉMIOLOGIE :*

*Prévalence : 4 à 6 malades pour 100 000 habitants*
*Incidence : 0,96 à 2,25 nouveaux cas par an pour 100 000 habitants*
*Sex-ratio : prépondérance masculine 1,5/1 (homme/femme)*
*Facteurs de risques : aucun facteur formellement démontré*

### *SÉMIOLOGIE :*

*« Moins de force dans la main »*
*« Le pied bute »*
*« La main se creuse »*
*« Les muscles bougent »*

*Début progressif, insidieux : faiblesse d'un membre, le plus souvent distale au membre supérieur, atteinte de la main d'abord isolée, difficultés de préhension avec perte de la force de serrement, lâchage d'objet, amyotrophie révélatrice, fasciculations. Au membre inférieur, atteinte distale avec difficulté au relèvement du pied ou faiblesse plus globale du membre. Crampes fréquentes. Pas de trouble sensitif.*

*Plus rare, début par une atteinte isolée de la phonation et de la déglutition avec dysarthrie progressive, voix nasonnée, difficultés lors des repas, risques de fausses routes.*

*ÉVOLUTION :*

*Aggravation. Durée moyenne entre 2 et 3 ans. Dans les formes complètes, déficit amyotrophiant des 4 membres, atrophie linguale, troubles de la déglutition pouvant empêcher l'alimentation, dyspnée par atteinte des muscles respiratoires.*

*Mort par asphyxie.*

« Je n'ai pas toujours pratiqué la médecine, cette merde. »

Il a bien raison Céline. Je pense comme lui.

La médecine, j'y suis encore. Plus pour longtemps...

La merde et la médecine, ça peut surprendre, mais ce sont des mots qui peuvent faire bon ménage. Ils n'ont pas l'air d'être faits l'un pour l'autre, c'est un couple improbable, mais qui dure comme beaucoup d'autres. Il faut voir les choses de l'intérieur pour comprendre.

Mon père avait raison, je n'aurais pas dû y aller. Il ne sentait pas ma fibre médicale, mais il ne m'a pas parlé comme il aurait fallu, avec des mots qui mettent les points sur les i.

Il avait l'expérience pourtant pour m'en dire tout le mal possible. Il était chirurgien. Il m'a dit que c'était un métier difficile, qui fatiguait beaucoup, qui ne faisait pas obtenir autant qu'on en attendait, de gratitude et d'argent. Ce n'était pas assez clair. Il n'a pas su trouver les mots. La médecine et la merde ne s'épousaient pas dans sa bouche.

Ça m'a coûté cher.

Notre profession court à sa perte. On dit que les médecins sont coupables. Les chiffres le disent. Moi, je n'ai jamais eu l'impression de tuer la médecine, mais plutôt d'être tué par elle.

C'est de cet assassinat-là dont je veux parler.

De l'autre, tout le monde s'en charge, les politiques, les caisses d'assurance-maladie, les syndicats, les patients. Ils ont tous l'air tellement convaincu que je finis par croire qu'ils ont raison. Je n'en sais rien. J'aimerais seulement que quelqu'un pense à condamner la médecine avec le médecin, pour qu'elle l'accompagne, pour me sentir moins seul, sur l'échafaud.

Tout le monde défend la médecine. Elle a le beau rôle. Elle peut tout se permettre. Elle ne rencontre que tolérance et admiration. Les patients partagent la conviction erronée qu'elle est du monde de la science et qu'elle a donc droit à la même considération que la physique, l'astronomie et les mathématiques.

Les gens ont le respect de la science. Sans elle, point de salut. C'est fascinant de voir comme ils l'aiment. C'est à croire qu'elle ne les a jamais déçus. Ils défendent encore Galilée contre l'Inquisition.

« Et pourtant elle tourne », ça les a frappés. Ils n'arrêtent pas d'y revenir.

Ils ont décidé d'en finir avec les injustices qu'elle a subies. Ils sont prêts à lui reconnaître toutes les qualités, tous les mérites. Une sainte à protéger contre les hérétiques.

La médecine, je la vois précisément comme Galilée voyait la terre, tournante et pas au centre du monde. Tournante autour du médecin, son soleil.

La médecine science est un mythe dont on ne mesure pas la force. Les plus grands sceptiques seront comme les autres, au rendez-vous de la maladie, en attente d'une médecine exacte, euclidienne. Je n'ai jamais rencontré d'exception, d'ailleurs il n'en existe pas. On ne discute de ces choses que lorsqu'on est en bonne santé, c'est-à-dire pendant une durée assez courte de la vie.

L'effet pervers de la médecine science est de donner le droit aux patients d'exiger du médecin des certitudes.

C'est là que nous décevons.

« Je ne sais pas »... Ma devise.

J'aimerais en couvrir des pages, l'écrire sur des tracts, la graver comme épitaphe sur ma pierre, en faire un drapeau, un sceau, un blason. Je l'ai tenue tellement longtemps au secret, par peur des représailles, que j'aimerais au bout de ma carrière lui faire les honneurs d'une libération en fanfare.

Les malades haïssent votre « Je ne sais pas ».

Ils sont prêts à tout pour le faire disparaître, à vous quitter, à vous laisser dans la misère, à pardonner vos mensonges. Il faut l'abandonner, le piquer comme un chien malade, même si vous vous y êtes attaché. Ce qui était mon cas.

Je l'aimais beaucoup mon « Je ne sais pas ». On était comme des frères, lui et moi. Il ne m'a jamais laissé seul dans les situations difficiles, présent, fidèle, chaleureux. Il m'a vacciné contre cette grave maladie des certitudes, contagieuse et très répandue. Il m'a montré les bienfaits de la prescription d'un « peut-être » à ajouter en queue de toutes les phrases que l'on prononce, de tous les textes que l'on écrit, à transformer en ponctuation, en point final.

Les malades exigent le monopole du doute. Mon « Je ne sais pas » ne pouvait pas être accepté. J'ai dû le garder en moi durant d'interminables consultations qu'il aurait su abréger. J'ai dû faire croire que je connaissais les réponses à toutes les questions. J'ai dû apprendre la langue qu'on utilise dans ces cas-là, le vocabulaire médical qui vous sauve de tous les pièges.

C'est une langue difficile à maîtriser. Elle explique en partie la longueur des études et les voyages imposés dans les différentes spécialités. On ne vous apprend pas à mieux comprendre les choses mais à les nommer différemment.

Pour les troubles de l'équilibre chez la personne âgée, par exemple, une cause de consultation pluriquotidienne en ville, vous savez bien que les chutes sont un peu dues à tout, au vieillissement des centres de l'oreille interne, à la moins bonne perfusion des artères cérébrales, à l'arthrose cervicale, lombaire, des genoux, des hanches, à la peur de tomber, à la dépression, aux médicaments... Vous ne savez où piocher parmi ces causes, mais vous êtes seul, sans votre compagnon d'ignorance, interdit de consultation. Vous demandez alors au vocabulaire médical de venir à votre secours. Il vous offre un peu d'ischémie, un peu d'artériopathie, de trouble de la proprioception... Le tour est joué. Le patient est satisfait, il a eu ce qu'il attendait, des mots.

Quelquefois vous avez l'impression d'être passé à côté de quelque chose. Vous en voulez à votre lassitude de vous avoir empêché d'aller plus loin, de vous avoir empêché de vous intéresser vraiment à ce trouble de l'équilibre, de ne pas avoir pris le temps qu'il fallait. Mais c'est plus fort que vous. Votre « Je ne sais pas » se venge de son abandon. Il vous laisse vous débattre et regretter après, un peu, de ne pas avoir tout fait, de ne pas avoir eu assez, non pas de cœur, mais d'énergie pour tout faire, de vous être laissé engourdir dans cette eau froide de la consultation, porté par la bouée du vocabulaire médical.

Vous résistez, par habitude, jusqu'à l'oubli qui vient vite, mais qui n'efface pas tout, qui marque ses encoches sur votre peau. Alors, « ... on sent n'ayant rien fait, mon Dieu, de vraiment mal, mille petits dégoûts de soi dont le total ne fait pas un remords, mais une gêne obscure... ».

La gêne obscure est une réalité en médecine.

Je suis neurologue.

J'ai débuté la médecine en 1977.

7 ans de faculté, 4 ans d'internat, 3 ans de clinicat. Installation en cabinet privé avec une petite activité hospitalière résiduelle.

Le neurologue affronte la pathologie du système nerveux, psychiatrie mise à part.

Les grandes maladies sont donc pour moi : Parkinson, démence, sclérose en plaques, tumeur cérébrale, accident vasculaire, myélopathie, méningite, polynévrite...

Je vais de l'encéphale jusqu'au muscle en passant par le tronc cérébral, la moelle épinière, les nerfs périphériques, la jonction neuromusculaire. J'ai appris l'anatomie comme le tir sur un stand, les organes défilant comme des cibles.

Au début des études, la neurologie vous paraît très richement dotée, un menu dégustation pour gros mangeur. Vous ne mesurez pas bien ce qui vous attend. Vous avez les yeux plus gros que le ventre.

Une fois choisie, elle vous gave comme une oie, toujours au-delà de votre faim. J'ai avancé dans ce métier l'estomac au bord des lèvres, en nausée permanente. J'ai essayé de me défendre, de me limiter aux affections bénignes. J'ai voulu créer une sous-spécialité au sein de la grande, une petite neurologie, en filtrant les patients. En vain. Il n'y a pas de petite neurologie.

Je n'ai pas pu éviter les malades.

J'ai vraiment cherché à me spécialiser dans la bonne santé, les diagnostics négatifs, les consultations réservées aux gens qui n'avaient rien. La neurologie traverse vos filtres, creuse des brèches. Je n'ai pas pu lutter. J'ai vu des horreurs en trop grand nombre. A la fin, je n'ai plus essayé de m'en protéger. Je les ai laissées librement venir, médecin ouvert comme une ville et j'ai finalement bien fait.

J'ai rompu avec la médecine grâce à la pire des maladies, la sclérose latérale amyotrophique, SLA en abrégé.

Elle m'a arraché de ma vie de médecin, sans douceur, mais efficacement. C'est par elle que je veux commencer, par reconnaissance.

La SLA touche beaucoup de monde, il suffit d'en voir une ou deux par mois pour avoir l'impression d'une fréquence égale à celle de la grippe. Les malades restent présents, reviennent régulièrement dans vos pensées, multiplient les consultations quotidiennes.

Deux suffisent pour croire à une épidémie.

C'est une vraie maladie de neurologue, intraitable et fatale. Une fonte progressive des muscles qui commence souvent par une faiblesse d'un bras ou d'une jambe.

C'est insidieux. Un pied qui bute, quelques crampes, une main qui se creuse. Au début, ça ne ressemble à rien d'inquiétant, c'est limité.

Le patient vient sans trop s'en faire, avec des idées simples sur la question, sciatique pour le pied qui tombe, arthrose cervicale pour la main qui fond. Il attend d'être confirmé dans son diagnostic pour s'en aller vite de votre cabinet, avec votre bénédiction et une ordonnance de kinésithérapie de rééducation.

Ces malades ne sont pas exigeants, plutôt légers et vifs d'esprit, comprenant bien. Il y a des profils pour les maladies. Je ne veux convaincre personne, mais ce n'est pas la SLA, leur ressemblance, mais le charme qu'ils ont pour elle. Les études n'ont rien démontré à ce sujet, mais les études ne démontrent jamais les impressions de consultation, seuls outils fiables pour les médecins.

Vous avez vite trouvé le diagnostic, pas de quoi se vanter, vraiment. Vous pouvez abandonner d'emblée votre satisfaction pour ce remarquable sens clinique. En neurologie, il ne faut pas être fier. Plus la maladie est grave, plus elle se donne. Vous n'avez pas d'effort à faire, elle s'offre. Le malade, lui, est très éloigné de tout cela. Il est à des années-lumière de sa maladie. Il est en bonne compagnie avec sa sciatique et son arthrose cervicale. Il ne pense qu'à vous quitter. Il attend peut-être une prescription qui lui fera relever son pied et regrossir sa main, mais il ne met pas la barre trop haut. Il se contente d'une petite amélioration à venir ou d'une stabilisation.

Tout ce qu'il demande, c'est qu'on le laisse partir avec sa sciatique et qu'on n'en parle plus. Il ne veut pas se séparer de son affection bénigne. Il est prêt à payer cher pour cela. Il vient me voir pour une conciliation. Il ne veut pas que j'envenime les choses. Un engagement non formel de ma part suffit, une petite parole d'honneur non écrite, sans document compromettant. Je la donne facilement ma parole d'honneur, en la protégeant mal, d'une surveillance nécessaire à trois mois. Je l'offre à qui la désire. Elle me fait gagner du temps.

Je me souviens d'un patient à qui j'avais donné ma parole d'honneur lors de la première consultation, mais je n'étais pas arrivé à ne pas lui faire sentir que ça m'ennuyait pour lui, la SLA. Pas au-delà de ce qu'il fallait, bien sûr. Je n'allais pas changer la moindre chose de ma vie. Je n'allais pas modifier mon programme de la journée, du soir, du week-end, mais je savais très exactement ce qu'il allait devenir et en combien de temps. C'était un souci.

La SLA évolue mal, toujours, et vite. La petite faiblesse musculaire du début grandit beaucoup. Elle touche à vrai dire tous les muscles, c'est son but, pas seulement ceux des membres, mais aussi ceux auxquels on ne pense pas : les muscles respiratoires, le diaphragme, les muscles de la déglutition, la langue. Ils fondent les uns après les autres. On meurt en étouffant, par la paralysie des poumons ou au bout d'une fausse route.

C'est très difficile de cacher cela pendant toute la durée de la consultation. Les images s'échangent, c'est incontrôlable. Le malade sent que quelque chose ne va pas, malgré vous. Il le sent parce qu'au fond, il le sait déjà. Il perçoit un changement profond dans son corps. Il manque vraiment trop de signes à la sciatique qui fait tomber son pied. Il sait qu'il n'a pas tellement mal dans le dos, pas tellement de raideur dans les vertèbres et il se rend bien compte que quelque chose fait disparaître ses muscles, avec puissance.

Il voit bien que votre sourire est moins franc qu'en début de consultation, qu'il a basculé au cours de l'examen, que votre ton ne colle pas avec son diagnostic, que vous êtes moins léger, qu'il vous embarrasse. Il sait que vous êtes différent avec lui, que vous ne lui parlez pas comme au lombalgique simple ou au migraineux de tous les jours. Il vous connaît très bien. Il a tout de suite su qui vous étiez, ce qu'il pouvait attendre de vous, rien qu'à votre air à son entrée dans votre bureau, rien qu'à votre voix.

C'est trop tard après, quand vous avez changé au contact de sa maladie, pour faire croire que vous êtes avec lui comme avec les autres. Il a croisé votre regard avant. Vous n'avez pas réalisé à quel point il était attentif à vous, pas seulement à vous, mais à tout ce qui vous entoure, vos meubles, votre décor. Il a fait rapidement l'inventaire, presque en votre absence, pour comparer après. Il ne faut pas essayer de mentir.

Il y a des médecins qui disent n'importe quoi aux patients. Ils ont tort. Les malades ne sont pas dupes. J'essaie toujours de contourner les choses, d'en dire le moins possible, d'émietter la vérité, sans la transformer. Je parle de maladie motrice dont on ne connaît pas l'origine, d'une évolution variable, de recherches thérapeutiques à attendre. Ils saisissent le trouble. Ils en demandent plus. J'essaie de choisir mes mots.

Je me surveille avec les mots. Je crois à leur réalité, à leur nature matérielle, légère, délicate, subtile. Je ne veux pas leur manquer de respect. Je me dis qu'ils jouent peut-être un rôle dans la maladie, en bien ou en mal. Ils doivent savoir se fixer sur des récepteurs, emprunter des circuits et déclencher des réactions chimiques. On devrait les étudier de plus près, essayer d'en extraire des substances, des médicaments, comme d'une plante. On devrait les filtrer, ne retenir que les purs, les beaux, les utiles, en faire du cristal.

Pour la SLA, des mots, je n'en avais pas beaucoup, sûrement pas assez et de moins en moins avec les années.

Le patient auquel je pense et dont j'ai oublié le nom, ce qui prouve que cette histoire n'a peut-être pas autant d'importance, ne m'en voulait pas de mon manque de mots. Il venait me voir souvent. Je ne le poussais pas pourtant. Je l'aurais volontiers adressé à l'hôpital, pour m'en défaire. Je sentais qu'il me prenait de l'énergie. Il le savait lui aussi, j'en suis sûr, mais ça ne le gênait pas. Il se moquait de mes problèmes de fatigue, d'usure psychologique. J'arrivais toujours à trouver un petit progrès, dans son testing musculaire, un tendon qui se contractait un peu mieux, un gain d'un demi-centimètre sur une cuisse atrophiée. C'était difficile parce qu'il s'aggravait vraiment beaucoup et de manière très linéaire.

J'étais mal parti avec lui. Il ne croyait pas du tout à mon amélioration, mais je faisais les choses avec sérieux. Je l'examinais muscle après muscle. Je l'attirais très vite sur la table d'examen où je retrouvais la contenance que l'on n'a pas assis face à face dans ces conditions.

Un peu avant sa mort, je l'ai revu une dernière fois. Il est venu avec un livre qui parlait de son travail. Il était paysagiste, il dessinait des jardins. Je ne sais pas pourquoi, mais ce cadeau m'a empêché de retrouver sa petite amélioration mensuelle. Il ne m'en a pas voulu. Il ne marchait déjà plus du tout. J'ai dit : « C'est moins bien. » Je ne l'ai jamais revu. Ça m'apprendra.

C'est à cette époque que je me suis rendu compte que j'allais perdre un peu de mon enthousiasme, dans les jardins de la SLA.

Je me suis senti seul, en médecine.

Nous sommes quatre à nous voir souvent : Guilhaume, orthopédiste, Vadas, neurochirurgien, et Pierre Ferré, neurologue comme moi.

On se retrouve une fois par semaine sur un court de tennis, en double. Je joue beaucoup mieux qu'eux. Ils ont tous du ventre, de la lourdeur dans leurs déplacements, du mal à respirer. Moi je suis léger, rapide, adroit, eux sont en retard, en déséquilibre, malhabiles. Pour la médecine, c'est l'inverse, les aériens ce sont eux, la pesanteur est pour moi. Ils l'aiment tous, chacun à leur façon, chacun pour des raisons particulières, assez fortes pour qu'aucun n'envisage de s'en séparer. Ils ne me comprennent pas bien.

La perte de l'enthousiasme, tout part de là. C'est ce qui permet d'entendre la phrase de

Céline. C'est avec elle que la médecine devient proprement écœurante et laide, et jalouse, lente à quitter. Elle s'accroche à vous comme une femme qui sent que vous ne l'aimez plus. Tout devient difficile et gênant.

A l'origine, enthousiasme voudrait dire « le Dieu qui est en nous ». Perdre son enthousiasme signifie donc laisser partir le Dieu qui est en nous. C'est ce que la maladie prend, à force de présence, cette grâce. On ne l'approche pas pour rien, en passant. Elle vous attrape. Elle est capable de tout vous prendre. Elle prend tout. Sans le Dieu qui est en vous, vous ne valez plus grand-chose, comme médecin et comme homme.

Il faut éviter le contact avec la maladie. Il y a une forme de contagion subtile, dont on ne sait pas se protéger. Vous pouvez prendre tous les airs que vous voulez, des précautions d'asepsie intime, ça ne fonctionne pas. La maladie trouve votre petit Dieu. Il ne lui échappe pas. Elle le crucifie une autre fois, voilà toute l'histoire.

Le patient des jardins n'est pas tout seul dans mes secrets de SLA.

Il y a une Evelyne, aussi, dont je me souviens bien, prénom, nom et visage. Encore une morte. Les malades se rassemblent tous au bout de cette maladie. J'essaie de les faire tenir dans un lieu clos, de ne pas les éclairer, de les traiter le plus mal possible pour protéger ma mémoire. Quand j'y suis contraint, je libère celui des jardins qui aimait l'espace, il les accueille volontiers et moi je les confonds dans son ombre, pour m'en débarrasser encore, pour ne plus avoir à en parler.

Elle n'avait pas sa place, Evelyne, mais je n'ai pas réussi à l'oublier.

Elle est morte très jeune, pas plus de trente ans, sans rien épargner à personne, avec des enfants et des parents.

Sa maladie avait paralysé sa voix et sa déglutition. On avait dû lui placer une sonde dans l'estomac qui sortait du ventre. Elle avait ce syndrome dit pseudo-bulbaire, qui se traduit par une libération des réflexes de l'émotion avec des rires ou des larmes incontrôlés, déclenchés par le moindre stimulus. Elle ne pouvait plus dire un mot ou entendre quoi que ce soit sans démarrer un sanglot, la tête en l'air, la bouche grande ouverte, comme pour attraper quelque chose au ciel.

Je ne parlais pas en consultation avec elle. Je ne pouvais pas. Cela ne servait à rien. Je touchais son bras.

C'est à partir d'Evelyne que j'ai senti que nous n'étions peut-être pas faits pour vivre ensemble, la médecine et moi. Mon désenchantement a vu le jour avec elle, officiellement.

Plus tard, je me suis rendu compte que ses racines puisaient dans des histoires plus anciennes que j'avais fait semblant d'oublier.

Après Evelyne, je me suis souvenu de mes premières années d'internat et des gens qu'il avait fallu aider à mourir, comme on dit.

Les infirmières n'aimaient pas ça.

Il s'agissait de personnes très âgées, très malades, dans le coma et qui mettaient beaucoup de temps à mourir. On faisait ce qu'il fallait, c'est-à-dire qu'on laissait l'interne s'occuper de la chose.

En pratique cela se passait soit par perfusion d'un « cocktail lytique » qui contenait de la morphine, du Valium et des neuroleptiques, mais les infirmières rechignaient car elles devaient changer les flacons et la mort par dépression respiratoire est longue et pénible à voir et vient toujours la nuit où ne sont pas les médecins, soit, encore à cette époque, pour les comateux en phase pré-agonique, par injection directe de potassium dans la tubulure.

L'injection était faite avec un certain recueillement, avec des pensées simples et justes et d'autres parfois, celles qui assaillent les esprits pieux en prière, des inavouables que l'on ne reconnaît pas comme siennes, des impressions de pouvoir et d'excitation, des tentations dont on accuse les mauvais anges.

Les infirmières préparent la seringue de potassium avec dignité, pénétrées de la solennité du moment. Elles la remettent au médecin volontaire avec un air douloureux, puis le quittent.

C'est très rapide.

Si le scope est branché, vous voyez l'arrêt cardiaque au bout du doigt. Vous établissez un lien direct entre le geste et la mort du patient. Il n'y a aucun doute.

En première année d'internat. J'avais 24 ans.

A posteriori, je trouve que l'on devrait pousser la seringue à plusieurs mains, avec un chef, une surveillante, un directeur d'hôpital, un représentant du ministère ou mettre plusieurs seringues dont l'une ne serait pas chargée pour que chacun puisse se croire innocent dans le peloton.

L'injection de potassium restait dans les doigts de ceux qui l'avaient faite et de ceux qui l'avaient vu faire. Je me suis dit plus tard que je n'avais pas mérité ça. Toutes ces choses qu'on m'obligeait à vivre. C'était trop. Je jouais le jeu du détachement. Je ne me rendais pas compte que je faisais semblant d'oublier et que j'aurais des rendez-vous avec tous ces malades et tous ces morts.

On ne parle pas assez de la mémoire des morts. Ils se souviennent de tout pourtant, de vrais éléphants. Votre petit oubli, ils vous le rendent vite. En poussière. Ce n'est pas si simple, l'oubli avec les morts. Il faut être deux pour oublier.

Les infirmières, j'aimerais bien en parler un peu.

On en dit des choses sur elles, des bien positives, des dithyrambiques. Quelles saintes ! Quelles femmes formidables ! Et cette compassion, ce dévouement ! Pour les louanges, elles sont servies, de vraies icônes, des modèles pour l'éducation de nos petits.

Autant le dire tout de suite, en ce qui me concerne, les infirmières, je n'ai jamais pu les supporter.

Il faut avoir vécu dans leur intimité professionnelle pour bien comprendre et accepter qu'on écorne leur image de Bernadette en blouse blanche. Ils seraient bien étonnés les croyants, s'ils entraient dans la sacristie pour voir leurs saintes un peu déshabillées. Je parle de nudité d'âme, car on se fait aussi beaucoup d'idées fausses sur le reste.

Les infirmières ont une position difficile. Elles sont vêtues comme les médecins mais elles n'y connaissent rien en médecine. Elles sont encore plus incultes que les patients.

Leur enseignement, j'ai bien vu comment cela se passait, j'ai donné des cours dans les écoles. En réalité, on leur parle comme à des professionnelles, on a l'impression qu'elles connaissent la base, c'est une erreur de jugement. Elles ne connaissent rien. Il faut partir de zéro et à chaque fois. Ce sont des montres, des aiguilles qui tournent, des pendules, mais manuelles, sans automatisme, qui s'arrêtent quand on cesse de s'en occuper. Je ne sais pas d'où cela vient. Il y a un problème dans la formation. J'ai remarqué plusieurs fois que les infirmières en chef qui tiennent les écoles considèrent mal leurs élèves. Elles les traitent dès le début comme des handicapées mentales. Elles influencent beaucoup leur avenir. On finit par adopter les qualités qu'on vous prête. Leur immaturité est entretenue pour les maintenir sous dépendance, ce qu'elles souhaitent finalement. Les infirmières ont pourtant l'éducation de tout le monde, mais quand elles entrent à l'hôpital, elles reculent dans le temps, elles retournent au pensionnat, avec les petites histoires de dortoir, les bizutages, les punitions, les éclats de rire cachés. Une vraie régression.

Elles étaient appliquées pendant les cours, mes chères assistantes, gentilles, acquiesçantes, pourtant j'ai compris assez vite que j'aurais pu leur parler de tout autre chose. J'aurais pu inverser des phrases, inclure des passages en anglais, cela n'aurait rien changé. Elles ne venaient pas pour apprendre la médecine mais pour suivre un cours, comme au collège, avec des copines, un professeur devant, une récréation en point de mire. Non pas qu'elles n'étaient pas capables de saisir ce qu'on leur disait, c'est simple la médecine, mais cela ne les intéressait pas.

J'ai beaucoup progressé dans la compréhension de leur mentalité quand j'ai fait cette découverte : la médecine n'intéresse pas les infirmières.

Elles vous diront le contraire. Les surveillantes vous poursuivront pour obtenir des cours, et souvent, aux aurores ou dans la nuit pour les équipes du soir. Une telle volonté, une telle motivation ne doit pas vous égarer, elles s'en moquent de la médecine, à un degré qu'on ne mesure que trop tardivement. Mais alors ce désir d'apprendre, ces enseignements réclamés, ces cahiers qu'elles griffonnent en vous écoutant comme des petites écolières sages ? Ne vous laissez pas prendre. C'est pour vous montrer qu'elles existent et que vous aurez à compter avec elles.

C'est leur grand problème, l'existence. On doit leur en parler beaucoup dans les écoles, puisqu'elles ont toutes la même idée à la sortie. Dans un service hospitalier, le médecin ne fait pas exister l'infirmière. On les prépare au combat pour retrouver leur être perdu, par tous les moyens. Elles finissent par réclamer leur création auprès du médecin qui est un peu léger de ne pas les avoir tirées plus tôt de sa côte.

On les élève dans la dépendance et dans la revendication, nos orphelines. Elles se laissent facilement convaincre que la prise d'une responsabilité serait une trahison pour l'esprit de résistance qui les anime et la marque d'une volonté de collaboration de sinistre mémoire.

Leur carrière est un combat. Elles vivent la médecine agressivement, ces amazones, elles restent sur d'anciennes querelles oubliées, sur des vengeances non assouvies transmises perfidement dans leurs écoles rancunières.

L'infirmière doit voir le service hospitalier comme un ring où se déroule une lutte inégale, le médecin poids lourd contre le malade poids plume, une situation injuste où elle doit intervenir pour rétablir l'équilibre. On les éduque pour arbitrer, c'est la limite de leur participation à la vie du service. Il faut défendre le patient contre la menace du médecin, l'opprimé contre l'oppresseur. Un combat social sous une forme déguisée. Elles ont une vision plus précise de la lutte des classes que de la médecine. Elles s'identifient aux ouvrières du dix-neuvième siècle. Elles nous voient, en nuances, gros sous nos blouses, cachant des cigares et des billets de banque, représentants du grand capital. Il y a un décalage historique à l'hôpital qui n'a pas été rattrapé.

Elles affirment se sentir à l'écart de la médecine, elles y participent pourtant, bruyamment. Elles vous disent que les services fonctionnent très mal, que les malades se plaignent, que les médecins ne parlent pas assez, qu'il n'y a pas d'humanité. Ne vous laissez pas prendre. Sachez que les infirmières ne parlent jamais des autres. Elles parlent d'elles, toujours.

Lorsqu'elles vous rapportent les plaintes d'un patient négligé par le médecin, c'est que vous avez raté votre « bonjour » du matin. Vous ne l'avez pas bien articulé, ou alors trop vite, ou pas comme il le fallait. Elles n'ont pas l'altruisme plus développé que n'importe qui, elles ont simplement trouvé en l'hôpital un énorme divan de psychanalyse, où elles peuvent en groupe, derrière le paravent des patients, décorer d'une auréole de dévouement leurs désirs refoulés et leur peur de grandir.

Le médecin ne les attaque pas pourtant, mais elles sont en défense, prêtes à soutenir un siège. Leur source d'énergie est dans les conflits. Il y en a beaucoup, non exprimés, qui perdraient leur force en l'étant et qu'il vaut donc mieux garder pour soi, en couveuse pour leur donner de la taille et du poids. Ils vont de la visite trop tardive à la prescription mal écrite sur le cahier, au manque d'intérêt pour la santé de l'une, pour la pharyngite du nourrisson de l'autre, pour l'escarre pas assez longtemps contemplée, pour une extase insuffisante devant la qualité de leurs soins...

Pourtant, le médecin sait bien qu'il ne peut pas se passer des infirmières. Tout le monde les courtise à l'hôpital, les directeurs, les patrons.

Sans elles, les salles ferment. Cette reconnaissance ne leur suffit pas, car elle ne souligne jamais assez leur rôle dans la « Relation ». C'est un principe qu'on leur apprend dans les écoles. Les soins ne suffisent pas, l'infirmière a un rôle à jouer dans la Relation médecin-malade. Elles fonctionnent autour de ce mot : Relation. La Relation médecin-malade, la Relation infirmière-médecin, la Relation infirmière-hôpital et bien sûr la Relation avec la mort, les pauvres anges. Elles en ont à raconter sur l'accompagnement. On ne peut pas dire que ce soit la discrétion qui les étouffe. Le médecin ne peut pas comprendre, il s'en moque de l'accompagnement. Il y a un problème de compréhension entre nous, réel.

La responsabilité du médecin et la conscience qu'il en a ne les concernent pas. Ce n'est pas assez visible, je suppose, pas assez bruyant. Elles croient l'accompagner, le moribond, mais elles restent à l'extérieur encore une fois, en surface. Elles prennent des airs, elles ont raison. Il faut bien justifier cette blouse blanche, qui est peut-être la source de tous nos conflits. Cette stupide ressemblance entre nous. Mais elles tiennent la chandelle, ces voyeuses, elles éclairent nos tristes ébats avec les morts. Elles y sont sans y être, ces petites actrices qui jouent la pièce écrite par le médecin et le malade, ce couple, en figurantes, mais attachées à leur rôle, n'en réclamant pas de plus grand, frôlant les responsabilités. C'est pour cela que la médecine ne les intéresse pas et que vous ne pouvez pas la leur enseigner, parce qu'elles ne veulent pas plonger les mains dedans. Aucun problème avec la merde, les pires sécrétions, les sales odeurs qu'elles reprochent aux médecins de leur laisser. Elles vous changeront tous les malades diarrhéiques de la terre. Elles la pétriront la matière du corps, toucheront des choses vraiment dégoûtantes, ce que vous ne faites pas. Mais elles restent propres, ces magiciennes, les mains plongées dans les escarres. La seringue de potassium, c'est à vous qu'elles la donnent.

Je ne leur reproche rien, je ferais comme elles, mais c'est vrai, je n'arrive pas à être bouleversé par ce beau métier.

J'ai une amie qui y tient beaucoup aux infirmières et qui n'aime pas que j'en dise du mal. Elle travaille dans un service d'hématologie pédiatrique sur les leucémies de l'enfant. Elle me dit toujours que sans les infirmières, rien ne serait possible. Je la crois volontiers. Il faut monter les échelons de l'horreur pour que les choses se rétablissent, que les conflits de blouse disparaissent. Le médecin au fond n'y peut rien à la mort d'un enfant. Il se sent moins coupable, moins isolé. Les adultes qui meurent, qu'on ne sauve pas, ils sont pour soi. On se dit qu'on aurait pu, qu'on aurait dû, que si on avait été quelqu'un d'autre, de mieux... On reproche peut-être inconsciemment aux autres de ne pas vous aider, de rester en retrait par rapport à vos doutes. C'est là que les infirmières sont inopérantes, qu'elles ne vous apportent pas de légèreté, de rire, de gentillesse. Elles gardent tout ça pour elles.

Devant les enfants malades, c'est différent, je pense. Il y a cette force du découragement, du désenchantement, unissante. Ce n'est plus vraiment de la médecine. Ce n'est plus vraiment mon sujet.

Je me souviens d'une infirmière qui s'appelait Rosa. Elle était surveillante du service de neurologie où je commençais mon clinicat. Elle n'a pas favorisé ma réconciliation avec sa grande famille. Elle m'avait tout de suite cerné, elle était très clairvoyante. Un « bonjour » lui avait suffi pour me détester immédiatement et de manière définitive. Physiquement déjà, nous n'étions pas en osmose. C'était une grosse rousse qui portait des blouses trop serrées. Elle persistait dans la taille 4, Rosa, mauvaise appréciation des choses, elle aurait été plus aérienne dans ma taille 8. Cela nous avait d'emblée éloignés. Je restais par prudence d'une extrême amabilité avec elle, ce qui envenime toujours les choses dans ces situations.

Un jour, au détour d'une conversation, j'ai maladroitement ouvert ma garde. J'ai dit que les réunions avec les infirmières prenaient un peu trop de temps sur les heures de visite. Lourde faute. Rosa se précipita dans la brèche. Elle multiplia par quatre la fréquence des réunions en les programmant hors des visites, mais à des heures destinées prioritairement à empoisonner ma vie. A l'aube, le plus souvent. Elle faisait des efforts pour n'en rater aucune, son assiduité attirait les compliments de ses collègues et du patron.

Il fallait l'entendre pendant ces réunions, parler, comme à l'Assemblée, du manque de moyens pour ses infirmières, ses chères petites, me demander mon avis sur les congés, les heures de repos, la grossesse de l'une, la dépression de l'autre, et l'équipe de nuit qui ne voyait jamais personne, et celle du jour qui travaillait trop, et toutes ces injustices et ces malheurs, et tout ce que je ne pouvais pas comprendre.

Il y avait les syndicats aussi, dont elle ne faisait pas partie mais qu'elle estimait, qu'elle soutenait moralement, et la grève qu'elle ne souhaitait pas mais qui serait pourtant justifiée.

Elle me disait qu'on ne se rendait pas compte, nous les médecins, qu'on était des pompiers pyromanes. C'était sa trouvaille, le pompier pyromane, elle ne manquait à aucune de nos réunions.

Ça ne pouvait plus durer ces aurores avec Rosa. Je m'en rendais compte, je m'étiolais. Mon combat contre le sommeil dès l'ouverture des débats m'accablait pour la journée entière. Je ne savais pas comment m'en défaire. C'est Coso, un interne subtil, qui m'a donné la solution. J'ai cru qu'il plaisantait au début. Il m'a dit : « Fais-lui une déclaration d'amour, ça réglera tout. » Il avait fait de la psychiatrie. Il avait tendance à s'en servir dans la vie quotidienne, ce qui est injuste. Il ne nous soupçonnait pas d'être attirés l'un par l'autre, Rosa et moi, et de notre côté nous ne ressentions pas les effets dialogants de nos phérormones, mais il m'a quand même fait réfléchir.

J'ai regardé Rosa d'un autre œil.

Je n'ai pas eu besoin de lui dire quoi que ce soit. J'ai travaillé sur moi, en la féminisant, en ouvrant un peu sa blouse, en maquillant ses lèvres, en dénouant ses cheveux. Je ne l'ai pas rendue irrésistible, mais à force de répéter en moi-même ma déclaration dans le demi-sommeil des réunions matinales, j'ai créé un lien.

J'ai compris l'effet de la prière éternellement reprise des moines orthodoxes, ces ponts invisibles avec le sacré. Rosa aiguisait ma spiritualité. Je commençais à m'y attacher sincèrement. Dès qu'elle l'a senti, elle m'a laissé tranquille.

Il faut utiliser la méthode Coso. Il faudrait aborder les patients avec, en se disant qu'on a des déclarations d'amour pour chacun. Il faudrait arriver à se convaincre qu'on les aime, on déclencherait des choses positives.

Je suis bien obligé de le reconnaître, au premier abord, je n'aime pas mes patients, aucun d'entre eux, même les plus gentils. La sympathie n'apporte rien, au contraire. J'ai toujours eu horreur du patient sympathique, celui qui veut créer des liens, m'offrir un cadeau, m'inviter, m'appeler par mon prénom. Il y a des gens comme cela, qui cherchent le prénom des autres. C'est leur complice dans la vie. Ils vont vous dire que c'est un ami qui les envoie. Ils ont l'impression qu'ils seront mieux reçus avec le prénom du docteur que sans lui. La méthode Coso ne sert à rien avec ces patients. Je les soigne très mal.

Avec les médecins aussi, je dois forcer mon affection.

Mes sentiments ont du mal à se développer en médecine, comme des germes anaérobies qu'on cultiverait à l'air libre. Le grand oxygène de l'hôpital les asphyxie.

On a très peu d'amis dans ce métier. On a des correspondants, des camarades de faculté, des gens qui vous sont utiles. Mais les amis d'hôpital sont rares et précieux. Il faut s'y accrocher, ne pas les lâcher. Il ne faut surtout pas se dire qu'on en rencontrera d'autres. Très vite, on ne rencontre plus personne.

J'ai tout de suite aimé Vadas, un neurochirurgien hongrois naturalisé qui prenait des vacations à l'hôpital.

Il me faisait penser à Sterling Hayden dans *Johnny Guitare*. C'est un beau film. Mon western préféré. Il était grand comme lui, blond, beau et l'air ailleurs.

*Johnny Guitare*, c'est l'histoire d'un solitaire qui ne s'appelle pas Johnny Guitare, mais Johnny Logan, un tueur célèbre qui veut rompre avec son passé. Il ne porte plus d'arme et joue de la guitare, d'où le titre. Il part retrouver un vieil amour pour s'installer avec elle et commencer une nouvelle vie. Mais c'est compliqué. Elle a un saloon au cœur d'une montagne où doit passer le chemin de fer et ça ne plaît à personne, pas aux éleveurs du coin qui veulent garder leur prairie sans train dessus, pas à une femme jalouse parce qu'un beau bandit ne jure que par la vieille et pas par elle. Ce n'est pas l'essentiel.

Pour moi, ce film est une allégorie sur la médecine.

Les médecins sont des Johnny Logan qui rêvent de devenir des Johnny Guitare sans y parvenir. Johnny veut oublier ses crimes, moi aussi. Il veut échanger son revolver contre une guitare, moi aussi. Il n'y arrive pas parce que c'est dur de sortir de la médecine. Les gens vous rattrapent. Ils vous remettent dedans. Johnny est obligé de tirer sur tout ce qui bouge à la fin du film, ce qu'il ne souhaitait pas au début. Sa guitare ne lui sert à rien. Il n'arrive pas à régler les problèmes avec elle. On lui demande des avis diagnostiques, des prescriptions, des interventions. Il ne peut pas refuser. On ne pense absolument pas à s'adresser à quelqu'un d'autre. Tous les médecins connaissent ce problème. Il a un pouvoir, il tire vite et juste. Il ne se trompe jamais. Il sait, d'instinct. Il ne peut pas rayer tout cela d'un coup de guitare. Et le médecin non plus ne peut pas décider un matin qu'il ne l'est plus, qu'il a perdu son savoir, qu'il ne faut plus rien lui demander parce qu'il est devenu un autre. Le film montre bien que cela ne marche pas.

Même s'il ne veut plus l'utiliser, la médecine est là, dans sa mémoire, à portée de main, prête à être dégainée. En réalité, la guitare n'est pas seule, ses deux revolvers sont cachés sous sa selle. Johnny Guitare est un médecin qui n'arrive pas à sortir de la médecine.

C'est ma tragédie.

J'ai bien perçu la lassitude de Vadas. Je n'ai pas pu la mesurer parce qu'elle est infinie, éternelle, et que rien ne lui résiste sauf l'illusion de pouvoir en guérir, mais je la partage.

La médecine tourne vite à l'obsession, vous finissez par la voir partout, même dans les westerns. Elle vous couve. Vous vivez vraiment à l'intérieur, comme dans une nouvelle mère. Elle vous accompagne à la sortie de l'hôpital. Il ne faut pas croire que vous la laissez sagement au vestiaire jusqu'au lendemain. Vous l'emmenez chez vous, chez vos amis, au cinéma, au musée. C'est finalement elle qui peu à peu prend les rênes de votre vie. Vous croyez rester maître de la situation, mais c'est elle qui dirige. Son but est d'être partout, de ne vous laisser aucun espace. Elle vous attend même dans vos endroits secrets, dans les plaisirs cachés que vous pensez ne partager avec personne.

Vous pouvez aller dans les bars sombres, ceux dans lesquels nul n'aurait l'idée de vous chercher, enlacer des femmes inhabituelles que vous n'avez jamais vues et que vous ne rencontrerez plus, vous dissimuler dans la nuit. Les lèvres que vous baisez finissent toujours par être les siennes.

Ce n'est rien de vraiment précis. Ce n'est pas un malade en particulier, une mauvaise décision, un doute. C'est cette lassitude, cette idée que les consultations vont reprendre, cette menace. En réalité, vous n'êtes plus capable de réagir. Vous avez passé trop de jours dans les facultés, dans les hôpitaux. Vous avez engagé votre temps, prêté sur gages. Vous avez appris la médecine, vous êtes autonome, mais vous êtes déjà vieux, incapable de faire autre chose. La médecine ne vous a rien appris d'autre qu'elle-même.

Finalement, elle vous rend inapte au monde par une corruption subtile qui vous donne l'impression d'être supérieur, au-dessus de ce petit univers des non-médecins qui s'ébattent pour de petites choses, de petites querelles, bien loin de vous, là-haut, et de vos préoccupations essentielles. Vous vivez avec l'essentiel, c'est admirable. Vous en avez à dire sur l'humain, le vrai, vu de l'intérieur, sur la souffrance, la maladie, la mort. La médecine vous a gavé d'essentiel, vous en a rendu gros, obèse. Elle ne vous a pas rendu service. Au contact de la mort, vous n'apprenez rien. Vous la voyez mieux, au lieu de la laisser lointaine, sans matière, argile spirituelle à modeler librement. La médecine ne vous prépare pas du tout à mourir, elle vous fait peur.

Les non-médecins ne s'y sont pas trompés. Ils ne nous envient pas, là-bas sur nos hauteurs. Ils nous disent que nous faisons un beau métier, ce qui n'engage à rien. Ils nous laissent volontiers notre essentiel quotidien. Ils préfèrent la vie, ces malins, ils ont bien choisi. Ils auront besoin de nous, un jour, mais ils savent, eux, que la vie est plus longue que la mort, même quand elle se passe mal et qu'elle dure un peu. Pour l'après, ils nous laissent à nos spéculations, ils ne veulent pas s'en mêler. Ils sentent que cela ne nous regarde pas. Ils sont moins cultivés, moins philosophes, moins croyants, mais plus intelligents. Eux pensent que, sauf changement de dernière minute, les idées mourront avec nous.

Il aurait fallu savoir tout cela avant de commencer. La prise de conscience est trop tardive. Vous cherchez alors des moyens pour vous extraire de la médecine, mais elle ne se laisse pas faire. Elle utilise son don d'ubiquité.

Dernièrement, je l'ai rencontrée au Louvre, dans la *Mort de la Vierge* du Caravage, un tableau que j'avais aimé avant de débuter mes études et qui aurait pu échapper à la contagion. Il l'a peinte déjà morte, sa Vierge. Il a dû voir des cadavres, c'est du vrai. Elle est verdâtre, gonflée, pas fraîche, elle a au moins trois jours.

Autour d'elle, il y a un bouquet d'apôtres qui vont de haut en bas. Ils ont vraiment l'air malheureux, on ne joue pas la comédie dans ce tableau, tous simples, tous humains. Les apôtres sont médecins et ils n'ont pas sauvé la Vierge. Les médecins pleurent sur eux-mêmes, comme toujours. Ils ne connaissaient pas intimement la mère de leur maître. Je pense que la plupart ne l'avaient jamais rencontrée. Elle était malade, ils n'ont pas su la soigner. Maintenant, ils attendent la résurrection, à ses côtés, comme tous les médecins qui ont échoué. Ils attendent, par habitude, jusqu'au troisième jour. C'est le temps du tableau, la fin du troisième jour. Il va falloir faire quelque chose. Ils ne croient plus à la résurrection. La mort ne s'arrêtera pas. La Vierge n'a pas le cadavre d'une sainte, qui sent bon et qui paraît heureux. Elle a le corps de tout le monde, celui qui ne donne pas l'idée de l'avenir, qui ne fait pas penser à Dieu. C'est le but du Caravage, montrer la mort comme elle est, c'est-à-dire sans résurrection. Une mort pour médecin.

Quand on est du métier, on repère ceux qui s'y connaissent. Comme chez les francs-maçons, il y a des signes. Ceux qui l'ont reniflée de près la gardent sur eux, en cicatrice que voient les médecins, les soldats et les peintres, en mot de passe qui se lit dans la voix ou dans le regard, en lassitude particulière. A part le Caravage, c'est difficile de rencontrer des interlocuteurs qui ne soient pas de la même confrérie que vous. Les militaires ne sont pas d'accès facile et les peintres d'aujourd'hui ne donnent pas l'impression de travailler sur le réel. On finit par se rabattre sur les médecins. C'est un cercle vicieux.

Je m'entendais bien avec Vadas, mais sa compagnie ne me valait rien au bout du compte. Il me ressemblait trop. Il était même pire que moi avec la médecine. Il avait accepté la possession. Il ne se défendait plus. Il se laissait abîmer peu à peu sans opposer de résistance. Il y avait dû avoir quelque chose entre eux qu'il me dissimulait. Elle l'avait aimé, joliment. Elle lui avait donné de bons souvenirs de malades qu'il avait guéris, des souvenirs de garde lourde où il avait puisé dans ses réserves pour de beaux résultats. Il opérait bien, avec un rythme à lui, constant, lent, sans à-coups. Il obtenait des résultats inespérés dans une chirurgie difficile. Il ouvrait des moelles, travaillait sur des tumeurs de la fosse postérieure, au contact du tronc cérébral, là où les centres vitaux se bousculent au millimètre. Mais il ne se protégeait pas assez. Il était toujours sur les interventions les plus longues, sur des malades trop fatigués que les autres neurochirurgiens refusaient d'opérer. Dans les services, les statistiques comptent et on ne se bat pas pour les tumeurs cérébrales dont l'espérance de vie est à six mois. On a tendance à rester « médical » comme disent les chirurgiens à la place de « inutile de vous opérer, c'est sans espoir ». Vadas opérait. Glioblastome en poussée, métastases multiples, il ne disait jamais non. Ses statistiques finissaient par être mauvaises, mais il avait quelque chose à faire avec la maladie. Il ne cherchait pas à prouver quoi que ce soit. Il n'avait pas le style mandarin. Il avait horreur de la virtuosité. L'idée de la concurrence avec les autres neurochirurgiens de sa génération ne l'effleurait absolument pas. C'était une affaire personnelle entre la médecine et lui.

Il me cachait des choses de son passé. Il masquait son enfance où devaient être ses vérités. Il était retenu, l'ami Vadas, par un souvenir puissant, non modulable, incorruptible, qu'il devait réduire au silence. Il aimait les corps endormis, une habitude de chirurgien. Il cherchait le silence, au bout de ses interventions, de ses gardes, au bout de la fatigue immense qu'il accumulait. C'était la raison de sa lenteur à opérer. Il n'était pas pressé de sortir du bloc opératoire, pas impatient d'en finir avec ses nuits ouvertes au jour du scialytique, au soleil polaire du sous-sol de l'hôpital qui ne se couche pas. Voyage au bout du jour.

Il fallait du temps pour le silence, pour le repos de son chagrin, pour arriver à l'endormir, sans nuit et pouvoir enfin veiller seul sur sa pauvre dépouille de grand chirurgien malheureux. Il payait cher d'angoisse, de doute, de négligence pour soi-même. Il y avait une forme de flagellation dans son histoire, mais pudique, intérieure, qu'il ne mettait pas en avant, qu'il gardait au secret dans sa belle âme. Sa marche en médecine était un pèlerinage, une expiation pour une faute qu'il ne se pardonnait pas.

On n'en parlait jamais, on ne parlait pas beaucoup d'ailleurs. Notre amitié était instinctive, immédiate, indépendante des événements partagés. On s'est peu vus, peu dit, mais bien aimés.

Je suis convaincu qu'elle n'était pas aussi grave que cela la faute de Vadas, qu'il aurait dû me laisser en juger, moi ou d'autres qui lui portaient de l'affection. Notre pardon, à force d'être accordé, aurait bien fini par trouver des résonances qui l'auraient tiré doucement de son sommeil. Le baiser qui réveille dans les contes, c'est le pardon.

Vadas n'en voulait pas. Il préférait tenir son passé au secret, l'obliger à faire le mort, jouer le temps contre lui.

Dans la culpabilité, les morts sont plus faciles à supporter que les vivants. J'ai rencontré plusieurs fois cette situation avec des malades à qui je n'avais pas rendu service. En consultation, les survivants réactivent vos remords. On se surprend à regretter de ne pas avoir été plus radical. Je pense précisément à un patient qui me doit son hémiplégie. Il avait fait une hémorragie cérébrale massive, sous anticoagulants donnés en prévention pour une arythmie cardiaque. Une complication rare, sans responsabilité directe du médecin, mais c'était moi qui avais signé la prescription.

Je ne le voyais pas venir d'un bon œil. Je ne dis pas que je regrettais qu'il s'en soit sorti, mais j'avais du mal à bien l'accueillir dans sa chaise mobile. Il ne me reprochait rien. C'était un homme gentil, peu bavard, accompagné d'une femme discrète qui avait toujours peur de me déranger. Elle s'excusait pour tout et lui aussi s'excusait. J'avais beau leur dire d'arrêter, ils ne pouvaient pas s'en empêcher. Ils mettaient du pardon partout. Ils m'avaient même recommandé à leurs amis. Ils m'envoyaient des patients, en me remerciant pour la peine que je me donnais. On ne voyait pas les choses de la même façon. Ils n'avaient pas compris ce qui s'était passé et bien sûr je n'étais pas entré dans les détails. Ils s'étaient contentés du flou de mes explications. Ils trouvaient mon brouillard transparent. Je terminais toujours la consultation par un « J'ai été content de vous voir ». En réalité, j'aurais mieux vécu sans eux.

On se rencontrait quelquefois avec Vadas, à la sortie de l'hôpital, autour d'une bière. Mes débats intérieurs l'intéressaient. Il ne méprisait pas mes essais ratés pour échapper à la médecine, mais au fond, il ne me comprenait plus. Il était comme ces vieux prisonniers qui refusent de s'évader de leur cellule, parce qu'au bout du compte, ils n'ont plus assez de désir pour leur liberté. La prison leur est entrée dans le cœur. Vadas avait dilapidé son désir en chirurgien prodigue, mais d'une étrange façon, en n'y touchant pas, en le laissant mourir dans sa boîte, se rassir comme du vieux pain. Je sentais que j'allais devoir le quitter. Cela devenait difficile de le voir, je ne voulais pas en arriver là, moi aussi. Il finissait par me faire peur.

Les choses se sont un peu gâtées pour lui, plus tard, sur le plan professionnel. Les cas qu'il opérait étaient parfois tellement désespérés que l'ambiance a fini par se dégrader entre lui et les permanents du bloc, les infirmières, les anesthésistes et les radiologues. L'hôpital est très friand des complots, de la recherche du bouc émissaire qui réconcilie contre lui des gens qui se haïssent. Ils se sont mis à le guetter, à lui rendre les choses difficiles, sournoisement, en augmentant l'inertie : aides plus lentes, priorités accordées à d'autres pour les programmes opératoires, délais pour l'obtention des examens urgents. Il ne se plaignait pas, ce qui était perçu comme une preuve d'arrogance.

Un jour, il y a eu cette affaire en garde, une paraplégie sur une compression traumatique de la moelle qu'il opère en urgence. Vadas n'est pas responsable, mais la famille se retourne contre lui.

Les collègues radiologues et orthopédistes ne le soutiennent pas et l'expert neurologue noircit son tableau dans un rapport à charge.

Dans ce genre d'affaire, les collègues ne vous aident pas. On croit à tort qu'il y a une cohésion entre les médecins, rien n'est plus faux. L'expert mesure les erreurs médicales, à fort grossissement. On rencontre essentiellement des vaniteux, flattés par les fautes de leurs confrères.

Ils trouvent la comparaison à leur avantage, ces spécialistes du problème résolu. Ils tirent une réelle satisfaction de nos pataugeages, même si leur qualification essentielle qui les isole du reste de notre troupe est d'avoir su trouver un appui assez influent pour être inscrit sur les listes. Ils s'érigent en représentants de la médecine française, en hommes de devoir. Nous sommes donc contrôlés par un notable assermenté, à relations avantageuses, qui endosse le rôle de l'inquisiteur. Il accuse mais ne condamne pas, le cher confrère. Il remet le pauvre hérétique au bras séculier. Il donne un avis. Le reste ne lui appartient pas. Il a la conscience légère et le détachement profond. La caution du juge transforme son service en devoir civique. Il ne pense plus en médecin, mais en fonctionnaire. Les experts seraient beaucoup plus justes s'ils étaient confraternels.

Ce procès a déstabilisé Vadas, gravement. Un grand écart dans son pèlerinage. Il en a retiré de l'amertume et s'est replongé dans son chagrin. Il a vécu sa faute à la Dorian Gray, comme un ajout de laideur au portrait de sa jeunesse. Elle n'y pouvait rien pourtant à cette compression, la pauvre, mais il l'accusait quand même de complicité. Il se disait qu'elle contenait toutes les racines de ses drames, qu'ils venaient y boire, s'y ressourcer. Elle entretenait tous les maux de sa vie. Il était certain qu'elle devait y être pour quelque chose, que cette erreur si condamnable n'aurait probablement pas existé sans elle. Il aurait vu, par transparence, avant les examens, cette moelle souffrante, sans la fatigue qu'il devait à ses anciens chagrins, qui le poussaient dans la nuit, dans l'épuisement, le rendant moins attentif, moins perspicace, la vue brouillée, l'âme sans fraîcheur.

Le procès a commencé deux ans plus tard. Je l'ai accompagné à l'audience. J'ai pris ma place dans le public. Le drame avait soudé la famille. Ils étaient venus en force, avec plusieurs générations, le grand-père, la mère, les frères et sœurs, les enfants et trois cousins dont un instituteur qui étaient prêts à en découdre. Ils étaient décidés à se battre jusqu'à la mort pour que justice soit faite. Ils tenaient au pénal en plus de la condamnation civile. Ils en faisaient une question de principe, d'honneur. C'est une constante, la réapparition des grands mots dans ce genre d'affaire. Vous n'échappez jamais au solennel et au pathétique. Les gens jouent immédiatement un rôle dès qu'ils pénètrent dans une salle d'audience. Ils ne sont pas seuls responsables, la théâtralité des lieux et les poses des magistrats y sont pour quelque chose. Il faudrait simplifier. Il faudrait qu'un Luther passe au milieu de toutes ces robes, qu'il secoue cette Eglise pleine de formalisme et de rites, que tous ces juges à tête de cardinal deviennent des pasteurs, qu'on les désacralise, eux qui ne travaillent pas assez dans la foi seule.

Avant l'audience, nous avons attendu dans la salle des pas perdus, près de la famille, groupée autour du malade sur sa chaise. Il y avait beaucoup d'amis aussi, tous habillés de sombre comme pour un enterrement. On est restés debout, à l'écart. Les trois cousins parlaient fort et se faisaient écouter. Ils en avaient plein la bouche de honte, de scandale, d'indignité. C'était moins le procès de Vadas, cet irresponsable, que celui de la médecine qu'ils avaient décidé d'ouvrir. Qu'on ne les accuse pas de ne pas la respecter, ils la présentaient comme une sainte, sacrée, intouchable. Ils communiaient avec elle, pieusement. Bigots avec la médecine, athées avec le médecin. Ils avaient des idées arrêtées sur elle, des idées indiscutables, ils parlaient par postulats. Ils avaient bien saisi le problème de la médecine française, la chose était claire, le problème de la médecine, c'était le médecin.

Les cousins nous avaient tellement percés à jour qu'ils nous mettaient au singulier. C'était contre le médecin qu'ils combattaient, celui que nous étions tous, à leurs yeux, le commerçant riche et négligent. Quand on commence à parler au singulier, on perd des nuances. Les politiques l'ont, ce défaut du singulier. Ils pensent qu'il simplifie les choses. En réalité, il complique tout. Il rend le dialogue impossible. Ce sont les philosophes qui parlent au singulier de la créature, de la matière, de l'être. Le singulier est le nombre de l'esprit. On pense, en l'utilisant dans la conversation, qu'il va finir par jouer un rôle actif, nous transformer en Socrate ou en Diogène. Il devient la lanterne qui nous guide dans la foule sombre, pour trouver l'homme.

Il fallait simplifier l'affaire Vadas, il ne fallait pas l'éloigner du modèle unique. Il était connu déjà par tous ces gens qu'il découvrait. Ils savaient qui il était. Ils l'avaient déjà rencontré dans leurs conversations de bistrots, entre initiés, dans les petites histoires des uns et des autres. Il avait fait du mal au monde entier, à celle dont on avait raté le lifting, à celui dont la prothèse de hanche s'était infectée, à cette mère dont la phlébite n'avait pas été diagnostiquée. Ils avaient reconnu au journal du soir sa grande ombre, au milieu des enfants morts à cause du Thalidomide, des hémophiles contaminés par les transfusions. Il était mal parti avec eux.

Le médecin riche et négligent parle à tout le monde. Il demeure éternellement, fossilisé sous des sédiments d'idées reçues. En réalité, le fond des choses n'est pas la critique de l'enrichissement du médecin sur le dos de la maladie, ce couple contre nature de l'argent et du soin. La rupture se fait sur la conviction que notre métier n'est pas si difficile et que nous ne méritons pas d'en tirer de tels bénéfices. C'est le point essentiel. La médecine a une simplicité coupable qui nous transforme en escrocs. La simplicité est la mère de tous nos maux. Le médecin peut bien essayer de la camoufler sous un vocabulaire abscons, le patient distingue quand même cette vérité toute simple derrière les mensonges. Il la sent à sa portée. A ses yeux, la médecine reste un métier manuel, c'est-à-dire moins bien considéré que les métiers intellectuels. Il lui manque ce qui fait la noblesse des autres sciences : la créativité, l'invention. Il sait que le médecin répète ce qu'il a appris, avec des manques, en un approximatif radotage qui n'appelle pas la considération. Le reste se passe en esbroufe.

Les mystères qui pouvaient faire croire au génie du médecin ont disparu sur les écrans des radiologues, impitoyables, révélant les faux diagnostics, affichant les erreurs, ridiculisant les affirmations, cassant les morgues. Les écrans de télévision ont fait le reste, en montrant la médecine nue, en la sortant de sa grotte de pythie redoutée, en l'exhibant dans une mauvaise lumière, hors de ses brumes. Les patients la connaissent donc, intimement, et ne veulent plus croire aux mystères. Les médecins ont une mauvaise influence sur la médecine. Ils la compliquent, ils recouvrent de mots sa belle nudité. Ils la cachent pour ne pas la partager, par intérêt. La simplicité explique la force des rancunes autour de nous. On ne pardonne pas aux ouvriers de cette grande chaîne de la santé simplifiée de commettre la moindre erreur. A les entendre les décisions sont binaires, numérisées. Le médecin appuie sur des touches.

Moi, j'ai trouvé la médecine difficile. Difficile à apprendre, difficile à comprendre. Tout a l'air écrit dans les livres, rien n'est écrit. Vous commencez à pratiquer, tout frais sorti de vos études, tout plein de vos connaissances vertes et vous découvrez que la maladie n'obéit pas. A personne, ni à vous, ni à vos professeurs. Vous vous attendiez à une médecine collective, grégaire, où les cas se rassembleraient, comme dans une grande famille, vous n'avez qu'une horrible individualiste, qui n'aime que la différence, qui n'adopte qu'une seule loi : sa propre guise. Les malades refusent obstinément d'entrer dans les cadres qui leur ont été préparés. Vous leur réciterez par cœur votre leçon de concours : épidémiologie, sémiologie, thérapeutique. Vous leur démontrerez que leur maladie n'a plus de secret pour vous, ils affirmeront leur différence. Les mots de vos livres n'auront pas su les mettre au pas. Les livres aussi ont ce défaut de mettre la maladie au singulier. Ils vous préparent très mal.

L'individu récite à sa façon votre question d'internat. Il a son style. Il prend des libertés avec vos règles. Il ne la colorie pas en respectant les lignes de votre dessin, il la barbouille. Il arrache des pages au carnet mémento que vous cachez dans la poche de votre blouse. Il prend de scandaleuses libertés et en cadeau de rupture vous laisse un doute.

Les patients ne saisissent pas du tout cela. Pour eux, le doute est inadmissible. Pourtant le doute est l'essentiel de la médecine. Il faut un peu de temps, au début, pour se laisser complètement convaincre et accepter cette vérité qu'on vous a cachée pendant vos études.

Vous ne garderez aucune certitude si vous voyez beaucoup de malades. L'expérience aggrave les choses, meilleure alliée du doute. Elle ne sert qu'à chasser les dogmes que vous avez punaisés dans votre mémoire. Elle les analyse, malade après malade, en psychiatre, remonte à leurs racines et les détruit. L'expérience ne rassure que les vaniteux. La migraine typique que vous auriez diagnostiquée infailliblement au début de votre installation se heurte à l'anévrisme rompu qui vous a frappé un jour et qui se présentait exactement sous la même forme. Vous trouverez votre anévrisme dans la question migraine, à diagnostic différentiel, mais cela n'aura pas secouru votre malade qui avait décidé de ne pas respecter les différences obligatoires. L'expérience trahit votre confiance. Elle n'apporte que des désagréments.

Ce ne sont pas les mauvais médecins qui prescrivent trop, ce sont ceux qui ont eu de mauvaises expériences. Moi, plus je vais, plus je prescris d'examens. J'ai commencé ma médecine discrètement, je termine en fanfare. Le trou de la Sécurité sociale, c'est moi. J'ai demandé des centaines d'IRM pour rien, une rentabilité affreuse, absolument indéfendable dans un ministère. Combien ai-je dépisté d'anévrismes chez toutes les migraineuses qui ont buté sur mon cabinet ? Un ou deux, tout au plus. J'ai regretté toutes celles que je n'avais pas faites quand j'étais trop jeune, en rassurant stupidement les malades, fier de ma petite obéissance aux consignes, celles que l'on ne nous ordonne pas officiellement, mais qu'on distille, en permanence, par la bouche des patients, des médecins de l'insécurité sociale, des collègues zélés, des journalistes sans réflexion. Moins d'examens, moins de médicaments, moins d'actes. La santé publique est une mère pour le médecin. Elle le couve. Elle inclut dans ses décisions d'importantes données économiques, qui les rationalisent, qui les matent, les font rentrer dans le rang. Elle le félicite pour sa sagesse filiale, elle le soutient. En apparence. Moi, je suis plutôt prodigue et je vais le rester jusqu'à ce qu'elle me renvoie, écœurée par mes dépenses. Mon irresponsabilité économique, je l'assume et je laisse les autres régler mon sort, avec le secret espoir que je ne leur échapperai pas longtemps. Chacun son rôle.

Si vous ne faites pas de scanner ou d'IRM à tout le monde, qui va prendre en charge vos doutes ? Vous êtes payé pour cela ? Pas assez. Mon doute est coûteux, denrée rare, métal particulièrement précieux. Le prix de la consultation n'en paye pas un dixième. Les malades peuvent faire un effort ? Inutile, je serai toujours au-dessus de leurs moyens. Le doute sur la fausse migraine de ma patiente, je suis obligé de l'offrir, bénévolat forcé. Elle me la donne d'ailleurs bien volontiers, sa céphalée, elle me la confie pour mon libre usage. Que j'en fasse donc ce que je veux. C'est le service qu'elle vient chercher et qu'elle ne paie pas, elle le sait, pas tant le soulagement de son mal de tête que le dépôt de son angoisse, chez moi, dans cette vaste consigne de mon cabinet de consultation, de mon cœur, trouvant bien normal que j'accepte son don sans rechigner, sans rien exiger en retour. Elle doit penser que son angoisse ne me dérangera pas, qu'elle ne prendra pas beaucoup de place, qu'elle se fera petite, qu'elle ne bougera pas, calme, jouant la morte. Elle ne reste pourtant pas inactive en moi. Elle ajoute son poids sur mes épaules. Elle recherche ses sœurs pour augmenter sa masse. La jeune migraineuse n'est pas du tout gênée, elle préfère croire que je ne me pose pas de question, que je lui ai tout montré lors de la consultation, j'avais l'air si sûr de moi. Nous sommes en règle tous les deux. Elle m'a payé le prix.

Il y a une seconde consultation, pour chaque patient, qui se fait seul, en son absence. Vous êtes moins rassurant, moins souriant, sans blouse, sans veste, simplement vous-même, pas très brillant, en manque de conseil. C'est là que votre science médicale apparaît sous son jour véritable. Céphalée d'installation peut-être trop brutale pour une migraine commune ? Perte de connaissance un peu trop longue pour un simple malaise vagal ? Vertige légèrement différent du vertige paroxystique bénin ? Ils se retrouvent tous les « un peu trop », les « pas assez », les « peut-être ». Ils se bousculent, en foule, pas du tout prêts à disparaître, accrocheurs, collants. Débrouillez-vous avec. Votre décision, tout à l'heure, face au patient, paraissait tellement simple. « Vous pouvez être rassuré, inutile de faire plus d'examens... » Vous garderez pour vous, pour la nuit, votre suspicion d'anévrisme, votre tumeur de la fosse postérieure, l'engrais de vos petits cauchemars. Ils vont par couples, par paires perdantes : migraine-anévrisme, malaise-épilepsie, vertigetumeur, des siamois, bien réels, qui ont le temps avec eux, qui savent qu'ils arriveront sur le nombre à monter jusqu'à vous, patient par patient, comme à une échelle. L'un d'entre eux viendra vous chercher, un jour ou l'autre, pour de vrai. Vous pouvez en être certain. Votre ange gardien a eu trop à faire avec tous les paris que la médecine vous a obligé à prendre sur le dos des gens. Il aura besoin de repos.

Vous pouvez repenser à la phrase de Céline et mieux la méditer. La merde de la médecine, ce n'est pas seulement sa volonté de nuire au médecin, d'avoir égaré son diagnostic, de l'avoir piégé, c'est de lui faire douter de son innocence. Elle vous demandera perfidement si vous ne l'avez pas aidée, si vous êtes bien sûr d'en être totalement la victime, si tout est vraiment à elle, dans la complication de votre malade, ou s'il n'y a pas en filigrane quelque chose qui vous appartient en propre, de votre responsabilité à vous seul. Elle vous interrogera sur les raisons qui ont bloqué votre intention de faire ce scanner en urgence, ce qui vous a fait négliger ce doute minuscule que vous avez pourtant ressenti, ce qui vous a décidé finalement à ne pas hospitaliser, à laisser partir, à rassurer, avec votre pari comme seule protection. Vous savez qu'il aurait fallu pour cela offrir du temps, de l'énergie, prendre du retard, sacrifier des projets, appeler personnellement le radiologue pour avoir le scanner le jour même, passer les barrières de l'hôpital, les postes qui ne répondent pas, les attentes pour rien, pour attraper un chef de clinique qui acceptera votre malade, qui accueillera gentiment votre inquiétude, sans méfiance, sans moquerie, le vendredi à 18 heures quand les services se désertifient. Avez-vous vraiment jugé que ce scanner était inutile et que l'hospitalisation pouvait attendre ? Ou bien, avez-vous simplement manqué du caractère nécessaire pour aller jusqu'au bout ? La médecine vous a-t-elle vraiment trompé ou est-ce vous qui l'avez laissée faire ? C'est vous qui n'avez pas su entretenir votre énergie, la garder fraîche, chaque jour, prête à franchir les obstacles, à secouer votre paresse, prête à vous assurer pour chaque urgence que vous n'avez rien à vous reprocher, prête à vous garantir contre vous-même, à répondre éternellement à vos « j'aurais dû », « j'aurais pu », prête à vous promettre que la coupable c'est bien elle, la médecine, seule, sans vous, son complice. La merde de la médecine, c'est cette complicité, ce petit coup de main qui l'a aidée et que vous lui avez donné, sans réelle contrainte, pour ses tragédies.

On racontait une histoire dans les hôpitaux, du temps où les infirmières étaient des religieuses, qui avaient leur propre loi au sein des services, ne devant obéissance qu'à leur prieure. Un enfant est atteint de croup asphyxique, une complication de la diphtérie qui dépose des membranes épaisses au fond de la gorge. L'interne qui veut le trachéotomiser est prié de patienter, car c'est l'heure des vêpres que les sœurs ne veulent pas manquer. Il attend leur retour, assis auprès de l'enfant mort. C'est une histoire que les anticléricaux faisaient circuler à la fin du dix-neuvième siècle pour défendre la laïcité du personnel médical. J'y pense souvent, moi qui préfère pourtant les religieuses aux infirmières. Il faut arriver à empêcher les sœurs d'aller aux vêpres, en être capable pour chaque malade, à n'importe quelle heure du jour et de la nuit. C'est la résignation, la complice des pièges de la médecine. Je l'ai, ce terrible défaut de la résignation, cette malédiction. Je n'y résiste pas, je n'ai pas su l'arrêter. Je suis parti avec elle en pensant qu'elle s'essoufflerait en route, que je saurais mettre avec le temps une bonne distance entre nous. Je ne l'ai jamais distancée. Elle me précède en tout. C'est à elle aussi que je dois mes adieux. Trop souvent, j'ai fait comme l'interne de la religieuse aux vêpres, je me suis assis près des lits et j'ai attendu. J'ai obéi à trop de gens. J'ai obéi à ma fatigue, à ma paresse. Je ne suis pas allé la tirer par la cornette, hors de son cloître, sœur Marie du Croup, comme j'aurais dû.

L'avocat de la partie civile conclut par une belle envolée sur le rôle de prévention que devait assumer la justice. Il fallait empêcher Vadas de continuer à rendre tous ses patients paraplégiques. Sa condamnation allait en sauver des jambes, vous pouviez le croire. Il suggérait de lui retirer son diplôme, comme un permis de conduire pour un chauffard, qu'il redevienne simple médecin à la rigueur, ou infirmier.

Lui, sur son banc, pâle et fléchi, prenait lentement conscience de la profondeur de sa culpabilité. Il était perdu dans son procès. Il ne s'attendait pas du tout à ce réquisitoire, au public qui le dévisageait sans gentillesse, aux magistrats qui paraissaient convaincus contre lui. Il se sentait venir de l'affection pour tous les condamnés à mort qui l'avaient précédé, ses frères de douleur, les humiliés du pilori, les bagnards, les décapités de la Révolution, les templiers. Ils se mélangeaient dans son esprit, tous les damnés de la terre.

Il sortait d'une garde, il n'avait pas dormi depuis 32 heures, ça tournait un peu autour de lui. Il faisait de la lipothymie dans son coin. Je le voyais bien sur son banc, devenir plus blanc. Je comparais sa blancheur à celle de son mouchoir qui épongeait la sueur de son front, deux sœurs.

Malgré la très piètre opinion qu'il avait de lui-même, il peinait à se reconnaître dans le reflet monstrueux que renvoyaient les miroirs de la salle d'audience. Il pensait à l'Afghanistan, au bouzkachi. Il était la charogne que la famille, le procureur, les juges se disputaient sur leurs chevaux. Il arriverait bien à l'adopter un jour, cette image de lui-même, roulé dans la poussière, écrasé par les sabots, salement défiguré, il y arriverait, on pouvait lui faire confiance, mais il fallait lui accorder un peu de temps. Il était resté sur la conviction de sa laideur définitive, sans aggravation possible. Il s'était trompé. Il s'était vu beau, Vadas, il avait péché par orgueil. Sa vraie nature était plus basse, plus profondément enfouie dans les marais du glauque et du nauséabond.

Il n'était pas mécontent dans un sens qu'on lui confirme tout le mal qu'il pensait de lui, en plus grand, qu'on lui certifie qu'il avait eu raison de noircir autant son âme. Son cas était seulement plus désespéré qu'il ne l'avait cru. Les remords de son enfance n'étaient que des ombres, la partie apparente, la frontière de la nuit infinie qu'il dissimulait en lui. On lui reprochait d'avoir caché toute la vérité de sa laideur, ni par pudeur, ni par inconscience, mais par ruse. Il était convaincu.

Son avocat plaida autour de sa compétence, de sa grande expérience, des dizaines d'attestations de malades sans rancune. Il ne lui rendait pas service. En réalité, c'était plutôt un facteur aggravant, sa carrière. Comment un homme aussi capable, aussi bien formé avait-il pu en arriver là ? Il n'avait pas l'excuse de l'innocence. Il était trop habile. Il avait trop démontré pour bénéficier d'un pardon. Ses états de service étaient comme l'alcool pour les accidents de la route, ils aggravaient son cas. Il commençait d'ailleurs à la percevoir comme une énorme cuite, sa carrière. Il n'avait pas cessé de s'enivrer. Ses gardes étaient des bouteilles pleines, des pichets, ses opérations interminables des tournées pour lui-même. Il payait la grande fête de l'hôpital. Elle lui tournait la tête et l'estomac.

Il titubait à l'intérieur avec sa grande gueule de bois triste.

Il faut avoir vécu des situations de ce genre. Elles sont difficiles à juger. Il y a des secrets qui échappent aux dossiers des erreurs médicales, comme les maladies aux traités de médecine. Il faut en avoir vécu une, pour saisir ce qui se passe, cette alchimie macabre qui vous y conduit, vous et votre patient, à la catastrophe. Ce mélange dans la cornue, où il a manqué un peu de ceci, un peu de cela, des petites choses qui n'ont pas bien disposé les éléments à votre égard, qui transmutent votre belle rencontre en désastre. Affaire de cosmos. Les gens qui ne croient pas au cosmos n'ont pas vécu ces histoires où tout se ligue contre un patient, pour une vraie persécution. Les collectionneurs de malchance, il faut les éviter comme la peste. Ils ne se distinguent en rien des autres, ce qui les rend dangereux. Ils ont en eux l'instinct du mauvais moment, du mauvais endroit, du mauvais interlocuteur. Il suffit d'amorcer, et le drame se déroule comme sur un orgue de Barbarie. Vous ne pouvez rien contre cela, rien contre les astres, rien contre l'invisible. C'est la perfusion qui passe à côté, le bras qui s'infecte avec la bactérie résistante de l'hôpital, l'interne de garde qui est psychiatre ; c'est le dimanche de Pâques, la forme non fébrile du choc septique, le bon traitement antibiotique enfin, mais la phlébite qui passe inaperçue, l'embolie pulmonaire, l'hémorragie digestive sous anticoagulants... Vous, médecin, vous êtes dans cette histoire bien sûr, vous avez tardé, vous vous êtes égaré, toujours en décalage dans l'enchaînement des complications, mais en vérité, il y a des choses non maîtrisables, qui échapperaient à n'importe qui, qui filent entre les doigts, comme de l'eau. C'est d'ailleurs comme cela qu'ils deviennent ces patients, liquides. Rien ne peut les arrêter, ils s'écoulent. Leur vie s'écoule au sens propre. Elle glisse partout, elle fuit dans les interstices, vous ne pouvez pas la rattraper. Vous bloquez une issue, elle en ouvre une autre pour disparaître. Quelque chose les pousse hors de la vie, avec insistance. Ils sont difficiles à détecter. Ils ne payent pas de mine le plus souvent. Ils ne vous en veulent pas personnellement mais ils vous martyrisent, et vous non plus vous n'avez rien contre eux, avant de leur ôter la vie. Ni eux, ni nous n'y pouvons rien.

C'était difficile de faire comprendre le cosmos aux magistrats, à la famille. Il ne s'exprime pas bien dans une plaidoirie et il est difficile à condamner. Le procès de l'invisible, les juges n'ont aucune envie de le faire. Ils font comme s'ils ne le voyaient pas, mais c'est faux. Ils savent bien que dans les erreurs médicales, celles qui sont commises innocemment, sans profit, l'invisible est là, qui tire les fils. Ils font semblant, peut-être parce qu'ils ont peur de se mesurer à lui, peur des représailles. Tout le monde se retrouve là.

Ça s'est terminé par une relaxe, cette affaire. L'avocat de Vadas a déclaré qu'il n'aurait même pas dû être renvoyé devant le tribunal, que le juge d'instruction aurait dû le faire bénéficier d'un non-lieu, ce qui est la preuve qu'il l'avait en tête lui aussi, l'invisible, puisque c'est là qu'il habite, dans le non-lieu, qu'il s'écoule, dans le non-temps, qu'il existe, dans le non-être. On a estimé que sa responsabilité était engagée, mais qu'il n'avait pas commis de délit. Les juges avaient été sensibles au réquisitoire du procureur et avaient semblé plutôt en accord avec lui, mais le droit ne leur permettait pas de le condamner comme ils l'auraient souhaité. Il n'avait pas failli à son obligation de moyens, disaient-ils, et le code n'impose pas au médecin une obligation de résultat.

La famille s'empêtrait dans ces nuances et le paraplégique frappait bruyamment sur ses jambes pour essayer de clarifier les choses. Le président pour calmer les esprits s'adressa sans considération à Vadas qui attendait, debout, qu'on lui permette de s'en aller. Il lui dit qu'il avait bien de la chance d'être innocent en droit, qu'il devait prendre conscience de la gravité de ses actes, que la clémence du tribunal n'effaçait pas ses erreurs et qu'il le laissait avec sa conscience. On sentait bien qu'il regrettait.

On est allés boire une bière après l'audience, dans un petit bistrot, face au palais de justice.

Il n'a pas dit grand-chose. J'ai fini son verre. Il a simplement répété, l'œil ailleurs : « T'as vu ça ? » Je n'ai pas répondu. J'avais vu.

La partie hospitalière des études médicales commence tôt et s'alourdit d'année en année par augmentation du temps passé dans les services et des responsabilités dont on vous charge.

Stagiaire en troisième année, quelques heures d'enseignement hebdomadaire avec un chef qui examine devant vous un malade, des cours en salle de staff pour apprendre à rédiger une observation et respirer l'air hospitalier.

Externe en quatrième année, première fonction hospitalière réelle, dans les services tous les matins, rédaction des observations, aides de l'interne, premiers gestes sous surveillance : ponction lombaire, ponction d'ascite, ponction pleurale. Préparation du concours de l'internat pour les futurs spécialistes.

Interne pour quatre ans, à partir de la septième année, cheville ouvrière du service, visites quotidiennes, prescriptions, gardes aux urgences.

Chef de clinique pour au moins deux ans, spécialité et thèse acquises, autorité sur l'interne, responsabilité de la salle, consultation et fonction d'enseignement à la faculté. Le poste s'obtient sans concours, sur simple demande à un chef de service, et dépend de son bon vouloir.

Installation dans le privé ou choix d'une carrière hospitalière, avec en ligne de mire la nomination au poste d'agrégé.

Les quatre ans d'internat se divisent en stages de six mois. La spécialité n'est acquise qu'après avoir validé plusieurs stages dans des services différents. L'interne choisit un nouveau service en fonction des places disponibles et du bouche-à-oreille.

Je suis passé par toutes sortes de services, de lieux opposés. J'y ai traîné mes angoisses toujours renouvelées. Chaque stage a la sienne, bien individualisée dans ma mémoire.

Avec mes trois amis, nous parlons quelquefois de nos souvenirs. Ils n'en ont pas, à les croire, ou si peu différents des miens qu'il est inutile de les partager. Pierre Ferré particulièrement, le neurologue, se tait sur la médecine. Il peut parler de tout, intimement, mais pas d'elle. Il est le plus clairvoyant des trois. Il pourrait en dire beaucoup. Il connaît les mécanismes. Il sait pourquoi les médecins sont perdants, comment la médecine joue avec eux et les utilise, pour son désir, cette soif de nos âmes qu'elle prend sans rien donner en échange, sans jeunesse éternelle en contrepartie. Pierre Ferré le sait, mais il est de ceux que les catastrophes attirent, celles des autres et les leurs. Ils transmutent leur peur en plaisir. Ils pervertissent leurs qualités, leurs dons et leur joie de vivre dans cette alchimie sombre. La médecine ne raffole pas de ces âmes sans innocence. Elle les laisse tranquilles, elle vient les prendre en dernier, elle a l'assurance qu'elle n'aura pas à les chercher, qu'elles l'attendront jusqu'au bout, bien en vue, dans la lumière. Avec moi, elle s'est méfiée dès mes premiers stages, dès mes premières gardes. Elle n'a jamais eu confiance. J'ai senti qu'elle était pressée d'en finir. Elle m'a saisi en pleine jeunesse.

On part en médecine la fleur au fusil, comme en 14. On croit qu'on ne va y passer qu'un seul été. Lourde erreur. On en prend pour des années. Il en faut pour arracher ce sourire béat de notre bouche, pour faire entendre raison à cette gaieté stupide qui nous précède au commencement. Il en faut pour trouver notre visage définitif, celui qui s'accorde enfin au monde qui nous cerne. Il faut du temps pour casser ce rire qu'on plaque sur toutes les situations, comme un baiser sur les joues des morts.

Ils vous émeuvent ces jeunes étudiants qui papillonnent dans les services autour des malades, découvrant avec bonne humeur les sinistres blagues des membres paralysés, des escarres profondes, des artères thrombosées ? Moi, ils me dégoûtent avec leur joie innocente, leur offrande de fraîcheur qu'ils gaspillent en totale inconscience, cette chair à canon qui part en chantant aux lits des malades, sans protection, sans méfiance. Ils me donnent la même impression que ces régiments anglais qui allaient en marchant vers les mitrailleuses, sur la Somme, avec un ballon de football dans les pieds. Pas si admirables que ça finalement.

La guerre et la médecine ont des points communs. A la guerre, on part avec des certitudes, ce sont les premières victimes. Elles rencontrent les balles avant nous. Quand le soldat les a perdues, s'il est encore vivant, les choses deviennent réellement insupportables. Il se transforme, paraît beaucoup moins saignant au combat, les officiers doivent garder un œil sur lui et la solution pour prévenir la désertion est de l'abrutir de fatigue et de menaces. Il faut l'empêcher de dormir, simuler des alertes, sonner des assauts en permanence.

C'est le rôle des gardes, qu'on vous fait prendre le plus tôt possible dès que vous avez obtenu votre titre sacré d'interne. L'idée est d'utiliser votre incompétence. Elle est ce que vous possédez de plus puissant, une arme de destruction massive. On ne peut pas s'en passer. Officiellement, il est interdit de s'en servir, mais il faut s'adapter aux réalités du terrain.

Il y a deux sortes d'internes, les incompétents lucides et ceux qui n'ont pas conscience de leur incompétence, des premières lignes, eux, des commandos.

La nullité de l'interne lorsqu'il prend ses fonctions, en automne, pour son premier semestre est heureusement proprement inimaginable. C'est d'ailleurs la période de l'ouverture de la chasse, ce qui n'est pas une coïncidence, les urgences sont une vraie battue.

Les patients ont une chance insigne de s'en sortir vivants quand ils nous rencontrent au début de notre carrière. Ils jouent avec le feu. Ils font des parties de roulette russe avec nous. C'est grâce à eux, mes premiers malades, que j'ai pris conscience de la robustesse du vivant. Ils nous résistent, ils nous montrent que la vie est forte, qu'il en faut beaucoup pour la briser, qu'il faut souvent s'y mettre à plusieurs, ce qui plaide en faveur de la solitude de l'interne de garde. On peut vraiment la remercier, cette vie ancienne qui en a vu d'autres, d'être si docile et si peu rancunière. Elle subit nos errances avec un réel héroïsme. Elle ne nous en veut pas de la perfuser d'antibiotiques inutiles, de lui faire des ponctions lombaires pour rien, de risquer une ponction pleurale à la recherche d'un épanchement fictif, de la renvoyer chez elle avec son hématome sous-dural. Une vraie perle. Elle nous en donne de la gentillesse et de la patience. Je crois que ça l'attendrit de voir les jeunes médecins s'acharner contre elle, sans intention de lui nuire, la maltraiter avec tant de générosité. Elle tombe sous le charme de leur impuissance, prend leurs coupables décisions pour des déclarations d'amour et leurs fautes de prescriptions pour des lettres romantiques. Elle donne l'impression en réponse de leur être soumise, d'être toute à eux, d'avoir une infinie capacité à les subir. Elle les aime les jeunes médecins, au début, ces barbares cachés dans la nuit moyenâgeuse de l'hôpital, ces Attila des urgences qui devraient faire plus de victimes, au fil de leurs sanglants diagnostics. Elle nous a habitués à tellement de résistance qu'on met du temps à retrouver la délicatesse et la prudence qu'elle exige de nous, médecins devenus adultes, quand notre charme ne s'exerce plus. Son amitié était pour notre jeunesse. Il faut éviter les urgences quand on l'a perdue.

On n'oublie jamais sa première garde.

Lorsque le jeune interne va chercher son bip vers 18 heures et croise, sur la route de la salle de garde, ses collègues, en liberté provisoire, qui retournent chez eux, un sentiment de désolation s'abat sur lui. Ce n'est que le premier cercle inachevé de cette nuit infernale, monstre dont il constitue le repas.

La découverte de sa chambre, où il ne fera pourtant que passer, précipite son effondrement. Les chambres de garde sont toujours les mêmes. La laideur y est cultivée avec obstination. Les graffitis obscènes rehaussent le joyeux gris des murs, les draps sont sales, les cafards habituels. L'idée est de repousser l'interne au-dehors, vers les urgences, de le déloger de son terrier, en l'enfumant, psychologiquement, par sinistrose.

Moi, je dois le reconnaître, je m'y accrochais à mon taudis. Je me blottissais dans les draps tachés, les yeux fixés sur mon bip, comme sur un crucifix, les mains jointes, en priant pour qu'il ne sonne jamais.

J'étais la chèvre de Monsieur Seguin. Il fallait tenir jusqu'à l'aube.

J'ai appris la relativité du temps en garde, son incroyable pouvoir de dilatation, son hostilité. Mon désir d'arriver malgré lui au matin était tellement puissant qu'il en avait pris ombrage. Il m'attaquait de front par une leçon de mouvement immobile. Il suspendait son écoulement, méprisant les lois les plus universelles auxquelles il devait obéir. Il transformait en cire les minutes de ma garde. Il fallait les presser à deux mains pour qu'elles tombent au fond de mon sablier. Il leur donnait du poids, de la consistance. Il les forçait à me résister, à m'imposer un vrai combat pour les faire sortir de ma vie, en les repoussant une à une, à mains nues.

L'attente de la sonnerie du bip dans votre clapier peut devenir tellement intolérable que vous finissez par vous rendre spontanément aux urgences, pour devancer l'appel et essayer d'affronter dignement votre châtiment. Je faisais assez facilement l'impasse sur le repas servi en salle de garde, le plus souvent une purée froide recouvrant par pudeur une viande hachée sans amour, guettée par les autres égarés de la nuit, anesthésistes, chirurgiens d'astreinte, réanimateurs, boursiers ou étudiants étrangers logés à l'hôpital, clochards aussi quelquefois. Les cuisinières se ressemblent toutes, peu coopératives et rarement coquettes. Elles servent virilement leur pâtée à notre cour des miracles et ressentent assez mal le manque d'appétit. La verdeur de mon teint me permettait de ménager les susceptibilités.

La peur ne me quittait jamais, les gardes me terrifiaient. J'essayais bien de les vendre à qui voulait, mais la demande était faible et le vendeur mal considéré. Je choisissais toujours les services à gardes rares, mais dans un grand hôpital, vous ne pouvez pas descendre en dessous d'une ou deux par mois, fréquence insurmontable pour le souffre-douleur du temps que j'étais devenu. Mon ennemi prenait un malin plaisir à accélérer son rythme entre les deux dates redoutées pour rattraper le ralentissement qu'il réservait à l'effroyable nuit. L'intervalle entre mes deux gardes durait l'espace d'un instant. Dès qu'elle se rapprochait, huit jours avant la rencontre, je prenais mes fonctions. Mon sommeil se pointillait du ricanement de mon bip qui se réjouissait de mon retour. Mes nuits s'émiettaient. Ma vie sociale aussi puisque tout s'arrêtait à 21 heures, à la lisière de mon lit, unique interlocuteur agréable à mon angoisse. Je remplaçais le dîner par un somnifère et les conversations par un sommeil sans rêve.

Au matin de ma garde, mon seul secours était cet état d'abrutissement dans lequel je me présentais et qui parvenait à la rendre floue, abstraite, beaucoup moins agressive. Je sauvais mon équilibre psychique en me laissant glisser dans une hébétude cotonneuse, qui me rendait probablement moins performant face à l'urgence, mais le patient n'y perdait pas grand-chose.

Des histoires de garde, tout le monde en a. Les médecins se les racontent entre eux, en faisant semblant d'en rire. On devrait les éviter, comme ces blagues qui brisent les conversations. La mémoire souriante est un mensonge. On rencontre toujours des gens qui travaillent leur mémoire à l'humour, des pâtissiers qui transforment des pâtes peu ragoûtantes en jolis gâteaux. Je ne suis pas d'accord avec eux. Je tiens absolument à ce que mes souvenirs sinistres le restent. Leur charme faux est une trahison pour le jeune homme qui les vivait. Il y a des spécialistes en la matière, des Judas pour eux-mêmes. A les entendre, ils regrettent amèrement leurs souffrances. Ils ont pardonné à toutes les peurs qui ont abîmé leur jeunesse. Ils jouent les grands seigneurs, mais ils n'entretiennent pas dignement leurs tombes.

Il ne me fait pas honte, le couard que j'étais. Il pourrait m'en remontrer aujourd'hui. Il pourrait me soutenir que sa peur n'était pas si ridicule quand on voit ce que j'ai fait de l'expérience qu'il n'avait pas. A distance, je le regarde comme il était, sans nostalgie déplacée.

Je ne regrette pas le « joli temps » de ma jeunesse médicale. Je l'ai absolument détesté. La grande famille de l'hôpital qui accueille l'étudiant en son sein, je l'ai plutôt trouvée décevante et déloyale, assez peu digne d'un retour d'affection. Je ne sais pas d'où vient cette habitude de couronner les angoisses défuntes, de les absoudre parce qu'elles sont mortes. L'âge a fait disparaître ma jeunesse médicale. Il ne l'a pas purifiée, il m'en a débarrassé. Merci.

J'ai rencontré des internes qui aimaient les gardes. Ils sont rares, mais ils existent, soyons juste. Il y en avait un qui en raffolait. Il était neurologue comme moi, mais ne se contentait pas de la neurologie. Il voyait le rôle du médecin des urgences, en grand, en polyvalent. Il courtisait l'encyclopédie, ce nouvel honnête homme, redoutablement. Rien ne l'effrayait et je dois reconnaître qu'il forçait mon admiration. Alors que j'essayais de brouiller les pistes en variant mes cachettes, oubliant volontairement mon bip pour échapper aux appels et me déplaçant beaucoup et vite afin de compliquer mon repérage, l'ami Bayard trônait aux urgences, répétant sa phrase fétiche : « Rassurez-vous, je cadre. » Il ne rassurait personne, mais il était là et seul.

La neurologie ne l'intéressait que modérément. Il pensait qu'il avait le temps de l'apprendre. Il traitait donc avec un certain dédain les accidents vasculaires qui pleuvaient à partir de minuit, livrant les malades aux griffes de son externe, avant d'abandonner les restes au service Porte.

Le service Porte recueillait les dépouilles. Un hall de transit d'une dizaine de lits annexé aux urgences, première étape dans l'itinéraire de délestage de nos remords. Ce service permettait à l'interne, confronté à la saturation de tous les lits de son hôpital, d'économiser les heures passées au téléphone pour diriger le patient dont personne ne voulait. La moitié de la durée des gardes disparaissait dans la recherche du service où placer le malade à hospitaliser. La sectorisation des urgences, à chaque quartier son hôpital, ne suffisait pas à éviter l'encombrement. Il fallait donc diriger. Le pistage des lits pouvait tourner au marathon diplomatique.

J'en ai reçu de ces coups de fil des urgences, moi, du bon côté, écoutant, goguenard, mon collègue se débattre pour me rendre désirable son hémiplégique de 89 ans, pas trop mal finalement, peut-être un peu confus, pas tout à fait continent, avec un petit train fébrile et un léger encombrement respiratoire, avec enfin une famille d'allure serviable prête à le reprendre au plus vite, après un passage éclair dans mon service, j'avais sa parole...

Chacun avait son style pour vendre ce genre de malade, le style détaché, autoritaire, suppliant ou résigné, celui que j'avais naturellement adopté. Ces malades qu'on appelle tendrement des « pannes », vos collègues vous les ont si souvent refusés que vous ne ressentez plus aucune culpabilité en affirmant que votre salle est absolument pleine, fermée, en désinfection, en travaux. Votre frère des urgences aura beau faire, la perspective de garder trois mois son vieil accident vasculaire remplira les lits les plus vides, d'air s'il le faut.

Tout le monde vous pousse à résister à ces patients, chacun a ses raisons. La surveillante et ses infirmières pour la charge des soins, les patrons qui veulent un service dynamique, l'interne qui veut apprendre et faire tourner les lits, l'assistante sociale submergée par les demandes de placement en attente.

On les traite mal ces malades, sans méchanceté. On joue avec eux, comme à la Bourse, chacun a sa cote. C'est l'âge, le point essentiel et la durée prévisible d'hospitalisation, la recommandation aussi qui brouille toutes les cartes.

Je l'ai joué ce jeu du jeune médecin qui fait fonctionner les services. On le joue seul. Le système hospitalier vous pousse en avant pour gérer son inertie et ses injustices. Vous pouvez l'accuser de vous forcer perfidement à vous comporter mal, à mépriser les incurables, les vieillards, à accueillir les « beaux malades », comme on dit, aux maladies rares, aux maladies flatteuses, aux maladies à bénéfice, mais c'est vous et pas l'hôpital, qui refusez les uns, acceptez les autres. C'est vous qui dites non. Vous traitez légèrement la fin de vie des autres. Vous n'avez pas beaucoup de considération pour le vieillard paralysé que vous croisez aux urgences. Il n'a pas rencontré votre compassion. Vous pensez quitter sa vie aussi vite que vous êtes sorti de sa chambre, mais vous vous trompez, il vous retient.

Dès qu'on effleure les malades, on abandonne quelque chose. La médecine est une lèpre. Elle nous éparpille par bouts minuscules dans leurs mémoires. Ils gardent précieusement nos reliques. Ils s'en servent. Ils ne les laissent pas mourir. Ils les entretiennent. Vous pouvez demander qu'on vous rende ce qui vous appartient, vous pouvez supplier. Trop tard. Votre âme mutilée finira avec ses sœurs lépreuses, dans leur maladrerie.

Votre désinvolture vous cache, au début, cette très silencieuse et lente maladie du médecin. Vous pensez que vos actes se perdent, comme vos mots, que ces traces de vous-même, dispersées, n'ont pas beaucoup d'importance. Vous les confondez avec des ombres qui ne vous retirent rien. Vous croyez pouvoir exister chez les autres sans participation, mais cela ne se passe pas de cette façon. Vos décisions sont devenues matière, de cette matière spirituelle, fine, diaphane capable de fixer l'empreinte des pensées et des fautes.

La médecine a ce pouvoir de création, cette argile qui donne vie à nos tours de petits dieux maladroits et futiles. Elle nous plonge dans sa magie noire, mais brutalement, sans nous avertir. Elle nous y précipite, au lieu de nous y conduire doucement, délicatement, en prenant le temps de nous initier. Elle nous laisse accomplir des actes qui nous échappent, qui prennent corps dans les mémoires, libres de nous, capables d'exister sans nous, ce que l'on ignore à nos débuts, dans la confiance de l'oubli.

On n'entre pas impunément dans le monde médical.

Bayard, lui, ne s'encombrait pas de ces considérations. S'il se désintéressait ostensiblement des malades qui dépendaient de sa spécialité, bien différente était son attitude avec les urgences obstétricales qui n'étaient pas de son ressort mais qu'il parvenait à détourner lorsque l'interne spécialisé était débordé. Les fausses couches étaient son plat préféré. Il curetait à tour de bras, avec enthousiasme et promptitude de manière à anticiper le retour du chirurgien. En garde, il avait le culte du geste inédit. Rien ne lui faisait peur et surtout pas les actes dont il ignorait tout.

Les urgences médicales et chirurgicales étaient en principe assurées par deux internes différents, mais Bayard ne l'entendait pas ainsi. Confiant à son externe accablé l'entière responsabilité de sa garde de médecine, il consacrait son temps libéré à gagner la confiance de l'interne en chirurgie afin de lui extorquer une suture difficile ou une réduction de fracture. En réalité, il attendait l'heure qui venait presque toujours au milieu de la nuit où un patient chirurgical, par erreur d'aiguillage, débarquait en médecine, sans mesurer qu'une seconde urgence plus grave que la première commençait pour lui. Bayard ne le lâchait pas, ou alors à la toute dernière extrémité.

Il dégustait les malades chirurgicaux comme une friandise, qu'il affectionnait d'ailleurs excessivement. C'était un grand roux, avec un visage rond, déjà ridé, l'air conquérant. On lui donnait beaucoup plus que son âge. Les patients le prenaient pour le chef de service. Il impressionnait par cette confiance rayonnante qui émanait de lui, face aux cas les plus désespérés. Il ne corrigeait jamais un « monsieur le professeur ». Il l'accueillait avec un gonflement de gorge et personne ne se risquait à reprendre le patient flatteur.

Quand il était professeur, Bayard était infatigable. Il virevoltait d'un box à l'autre, dictant ses prescriptions aux infirmières assez bienveillantes avec lui, rassurant et « cadrant », régnant dans ce grand aquarium des urgences, parmi les malades en suspension. Le mouvement lui allait bien, le rendait beau, gracieux, ce dont il avait conscience. Il ne s'arrêtait donc jamais.

Il considérait avec incrédulité ma phobie des gardes. Elles étaient pour lui le sel de la vie. J'avais bien pensé, par amitié, lui offrir généreusement toutes les miennes, mais il ne se contentait pas de prendre celles de l'hôpital. Il assurait tous les deux jours celles d'une clinique et malgré sa résistance physique, on ne pouvait pas en exiger plus.

La mauvaise garde commence toujours mal. Le premier patient fait office de baromètre. La gravité de son cas annonce de manière très sûre la gravité du vôtre. La première patiente de ma première garde avait décidé d'ouvrir ma nuit par un avis de tempête. Elle avait, bonne fille, attendu l'heure de ma prise de fonction pour déclarer un état de mal asthmatique qui me mettait d'emblée en situation désespérée. Je plongeais les mains dans les poches de ma blouse pour trouver les deux bouées de l'interne dépassé, le petit mémento de l'urgence médicale qu'il est préférable de consulter à l'abri des regards et une patte de lapin emportée par superstition afin que l'invisible reste dans de bonnes dispositions.

La patiente était bleue. On ne pouvait pas discuter ce point.

Je pouvais changer les angles de vue en penchant la tête pour essayer d'atténuer sa couleur, rien à faire, un vrai ciel. Elle tirait énormément sur les muscles de son cou, pour lutter contre l'obstacle de ses bronches. On aurait dit des cordes tendues de la gorge aux épaules qui tractaient ses muscles respiratoires impuissants. Elle cherchait l'air, assise, incapable de parler, fixant sur moi son regard fatigué et interrogateur, haletant avec gentillesse, sans en faire trop.

Elle était très jeune et très confiante. Je la regardais moi aussi, désarmé. Dans ce genre de situation, votre réflexe est d'aller chercher quelqu'un d'autre. Les choses deviennent réellement effrayantes quand ce quelqu'un d'autre se révèle être vous, sans alternative possible. Vous vous surprenez à penser qu'il faudrait certainement appeler un médecin. Vous êtes comme tout le monde. Ce médecin m'aurait d'ailleurs été utile personnellement, car à vrai dire, moi non plus, je ne me sentais pas très bien.

L'externe, admiratif, prenant mon immobilité tétanisée devant la patiente pour une extraordinaire preuve de sang-froid, risqua un « On lui met un peu d'oxygène ? ». Je m'entendis articuler un « Bien sûr » reconnaissant.

Deux instruments vous font gagner du temps aux urgences, ce temps nécessaire pour rassembler votre esprit vaporisé par la peur, le stéthoscope et le marteau réflexe. J'écoutais donc le cœur de mon asthmatique qui n'avait rien à me dire et ses poumons dont on entendait les râles à trois mètres. Je tapais ses réflexes, un à un, dans un silence interrogateur où la question « Mais que cherche-t-il ? » brûlait toutes les lèvres. Mon air grave en imposait, mais n'aboutissait pas à la prescription que l'infirmière attendait, cahier ouvert à mes côtés. Je jetais un ultime coup d'œil vers mon externe qui n'avait plus rien à me suggérer. Le bleu de la patiente restait azuréen, bien décidé à se maintenir et, à l'évidence, plutôt confiant en son avenir.

Je prenais donc ma première décision de médecin responsable : demander l'avis du réanimateur de garde.

Ma garde ayant débuté comme on le sait, je ne m'étonnais pas de tomber sur ce genre de réanimateur bourru et impatient qu'il faut absolument éviter dans une telle situation.

Quand le monde invisible a décidé de se distraire avec vous, il n'épargne rien à ses bouffons. Mon réanimateur aussi participait, sans le savoir, au grand rire des dieux. Sa raideur et sa sécheresse pouvaient donner une illusion de puissance, elles ne valaient pour eux pas plus qu'un ricanement.

Celui-ci était connu pour sa science de la réanimation par téléphone. Il ne se déplaçait presque jamais, sauf arrêt cardiaque certifié. Après avoir écouté ma longue et sombre description de l'état de la malade, ignorant ma demande timidement réitérée de son transfert souhaitable en réanimation, il laissa simplement tomber « A-t-elle des sueurs ? ». Le destin, blagueur, voulut qu'elle n'en eût pas. Ce signe malheureusement rassurant déboucha sur un « Fais-lui les gaz » définitif et la fermeture de la porte de la liberté pour la malade et pour moi. J'insistai en vain. La discussion était close.

Les gaz du sang vous conduisent sur la pente verglacée du prélèvement artériel. Il s'agit, en se repérant sur le pouls, de piquer l'artère radiale pour en extraire le sang bien rouge où l'on dosera les taux d'oxygène et de gaz carbonique. Certains risque-tout, véritables taureaux de combat, préfèrent aborder l'artère fémorale, plus grosse et plus accessible à leurs cornes. Bayard était de ceux-là, n'hésitant jamais à réviser son anatomie directement sur le malade. Les risques étaient variés, dominés par des hématomes en œuf que l'externe était chargé de comprimer.

Les infirmières déclinèrent l'offre d'officier à ma place, malgré l'aveu de mon incompétence, les gaz du sang étant un acte médical, exclusivement réservé au médecin.

Leçon numéro 1 : la responsabilité était une frontière professionnelle qu'elles ne violaient jamais.

Leçon numéro 2 : un acte médical aux urgences est souvent un acte que le médecin ne sait pas faire.

Je piquai donc, résigné, le poignet de mon asphyxiante, curieux de voir ce qui m'y attendait. Le sang monta dans la seringue. L'hématome apparut comme une énorme cloque. J'étais dans l'artère. La douleur détourna quelques instants ma patiente de ses bronches possessives. L'externe crut percevoir un mieux et approuva d'un hochement de tête admiratif, tout en comprimant vigoureusement le poignet de ma victime qui gonflait de manière pulsatile sous l'effet de ma saignée. Je décidai enfin de prescrire au jugé une association de théophylline et de cortisone pour tenir, jusqu'aux résultats des gaz.

Pendant ce temps, la salle d'attente des urgences se remplissait de patients les plus divers. Phlébite, eczéma géant, douleur abdominale, arythmie, perte de connaissance. Un vrai manège tournoyant, indifférent à la nausée qu'il faisait naître sous ma blouse maculée de sang artériel, armure dérisoire sur ce champ de bataille où des malades sauvages se précipitaient sur moi.

J'étais seul, abandonné de tous, lâché par mes livres, par mes maîtres, par la médecine. On ne savait plus où caser tous ces gens. Ils n'arrivaient pas, ils déferlaient. Ils s'étaient passé le mot. Ils se pressaient comme pour une fête, lamentables invités. J'errais de l'un à l'autre, les servant de prescriptions hésitantes, de conversations incertaines, tapant les réflexes avec entêtement, cherchant dans l'auscultation des cœurs la réponse à leurs angoisses et aux miennes, l'œil glissant vers ma montre ou vers la fenêtre de la salle d'examen, guettant la lueur de l'aube.

Les gaz revinrent au milieu de cette foule entre un érysipèle et un pneumothorax. Je ne m'attendais plus à la moindre gentillesse de la part de ce sort agressivement contraire et le taux de gaz carbonique trop bas pour le transfert en réanimation ne me surprit donc pas. C'est la théophylline qui prit ma défense. Ayant triplé les doses conseillées, en riposte à l'indifférence butée de sa cyanose, je permis à cette jeune héroïne de répondre à mon surdosage par une tachycardie à 200 par minute qui réussit à émouvoir le cœur de fer du réanimateur. Lorsque nous nous séparâmes, elle m'offrit ce merveilleux sourire que j'allais rencontrer tant de fois au cours de ma carrière, qui, sous le masque de la reconnaissance, cachait un immense soulagement.

Je quittai ma première garde en redoutant déjà la seconde. Les trois semaines qui me séparaient d'elle amorçaient déjà leur accélération. Je les sentais bien décidées à en finir au plus vite avec elles-mêmes, ces mélancoliques. Ma compagnie ne les séduisait pas. Elles ne pensaient qu'à me quitter dans les plus brefs délais. Je ne savais pas comment leur rendre le sourire, pour les attacher un peu à l'existence. J'avais un vrai problème relationnel avec le temps. Je n'aimais pas sa manière de se consumer, sans le moindre respect pour sa propre conservation, ce sacrifice de soi sans état d'âme, cette attirance malsaine pour sa destruction. Il y avait là un désir de mort qu'un médecin, même peu motivé, ne pouvait pas partager.

Je n'ai pas réussi à saisir tout de suite la signification de ces gardes. J'étais trop écrasé. Pourtant, plus lucide, moins abêti par la crainte, j'aurais pu comprendre très tôt dans ma carrière, quand il était peut-être encore temps, qu'il ne fallait pas persévérer. Je n'avais pas encore lu la phrase de Céline et il me manquait les échos nécessaires pour que ma pensée passe à l'acte. Personne ne me disait du mal de la médecine. Autour de moi, je ne voyais que des gens motivés, passionnés, concernés. Mes collègues bourdonnaient comme des abeilles autour du nectar de la vocation. Mes amis admiratifs semblaient envier ma stature professionnelle précoce. Je les impressionnais avec mes histoires de sang, de maladie et de mort. Petit bénéfice, j'animais les dîners. Ma famille, si fière de mon beau métier, me surveillait, mine de rien, prête à intervenir. J'aurais dû écouter la voix de mes gardes. Elles m'ont révélé tout de suite la merde de la médecine. Elles m'ont montré très clairement ce qu'il y avait dans mes mains. J'aurais dû les ouvrir, au lieu de les joindre pour cacher leur sale contenu. Je ne me pardonne pas cette lucidité stérile qui n'a débouché sur aucune décision. J'étais groggy, passif sous les coups. J'étais déjà trop fatigué pour réagir.

J'avais compris, en quittant mes premières urgences, que les choses ne changeraient pas sur le fond. J'avais cru que je vivrais différemment mes angoisses, que j'allais m'améliorer avec l'expérience. Je n'allais rien améliorer du tout. Un jour ou l'autre, je rencontrerais ce malade qui me referait apprenti, qui me renverrait à ma première garde. Je redeviendrais le même débutant navrant, plus menaçant encore, sans l'innocence de la jeunesse, condamné à paraître. Il me trouverait, me forçant à monter avec lui ma sombre petite affaire, à jouer sur son dos, avec mon « Je ne sais pas » sans fraîcheur, avec ma crainte.

Il y a des différences entre les médecins, des plus compétents, des plus instinctifs, mais ça ne change rien sur le fond. Il n'y a pas d'écart réel entre nous. On pratique la même médecine, dangereuse, dans des hôpitaux ou des cabinets, salles de jeux, où tous les joueurs se ressemblent, avec leurs tics, leurs superstitions, leurs martingales. Les meilleurs sont autant dans la main du hasard que les plus incorrigibles perdants. Je n'ai pas beaucoup de respect pour les grands médecins. A vrai dire, je ne crois pas qu'on en rencontre. On découvre les mêmes enjeux chez tout le monde et de plus en plus clairement avec l'âge. Le prestige les masque chez certains, au début.

C'est le hasard qui limite notre engagement, et l'égoïsme. On fait semblant de côtoyer les choses essentielles mais on les tient à distance. C'est notre peau qui manque dans cette affaire. Les malades sont seuls. Je crois qu'ils nous en veulent pour cela. Il faudrait que l'on meure pour eux, que l'on souffre pour les sauver. Nos airs concernés, nos poses, ne suffisent pas. Nos promesses de partage ne sont pas tenues. On joue le rôle du Christ sur le calvaire d'un autre, mais on ne fait qu'emprunter la croix, sur quelques mètres, comme Simon de Cyrène. Après, on la lui rend. On ne parle pas assez de cette grande figure. Elle passe en quelques mots dans l'Evangile, mais elle mériterait plus. Simon prend le fardeau de la souffrance humaine sur son dos pour quelques pas. Il a envie d'aider, un peu. Il s'en débarrasse car il sent que la foule serait prête à le crucifier lui aussi, avec l'autre. Dès qu'il touche la croix, il ne fait plus partie de la communauté. Il devient un paria parmi les malades. Il devient un médecin. Jésus s'échappe avec sa résurrection, mais pas lui.

« Mon père pourquoi m'as-tu abandonné ?

— Pour quelques jours mon fils... »

Sa vie entière, Simon devra supporter le prix de cette amitié. D'ailleurs, rien ne dit que Jésus l'ait aimé plus qu'un autre. C'est plutôt le prix du contact qu'il a payé, le prix de l'assimilation. Il pensait sortir du calvaire, disparaître vite lui aussi, mais il a duré. C'est pour cela que les malades nous préfèrent, parce que l'on dure avec eux. Les dieux ne peuvent pas les comprendre. Ils ne demandent rien au ciel, aucun soin, aucune explication. Ils ne tiennent pas à connaître l'origine du mal. Ils ne veulent pas remonter à la source. Ils ne sont pas intéressés par le dialogue avec l'éternel. Ils n'ont confiance qu'en nous. La promesse de Dieu ne vaut pas une présence d'homme. Ils manquent de spiritualité. Ce qu'ils veulent, c'est ne plus souffrir. Ils sont prêts à tout pour cela, prêts à nous faire croire que nous sommes les vrais maîtres du jeu. Ils savent qu'ils nous tiennent, qu'ils nous crucifient pour de bon, qu'ils n'auront pas à surveiller nos tombes. Pour m'endormir, ils me diront que je ne suis pas un homme comme les autres. Ils mélangeront tout. Ils me feront croire qu'ils ont foi en moi, nouveau Simon, ils se souviendront de ma participation. J'ai touché la croix moi aussi et depuis, j'ai l'oreille du ciel. Ils exigeront alors des miracles.

Les malades restent pratiques. Ils veulent gagner sur tous les tableaux. D'un côté, la science, de l'autre, la magie. Ils font semblant d'ignorer le fond métaphysique de la médecine, mais ils aimeraient profiter des mystères. Ils disent qu'ils ne nous demandent rien de plus que de faire notre possible avec les moyens qui nous sont donnés. Les hypocrites. Ils ne nous apportent pas leur maladie toute seule, toute pure. Elle vient en compagnie, avec leur angoisse de vieillissement et de mort, avec leur espoir de vie éternelle, avec leur demande de salut. Cela ne les dérange pas du tout, le jeu qu'ils nous font jouer, à la frontière entre Dieu et les hommes. Ils ont appris que quelqu'un s'était chargé du poids des péchés du monde, à lui seul, et était mort pour les sauver. Ils ont retenu la leçon que pour être guéri, il fallait passer par un bouc émissaire qu'on assassinait à la fin de l'histoire.

Les aventures d'internes incompétents les font plutôt sourire. Ils s'amusent avec ces petits médecins qui pataugent, ces jeunes capitaines, seuls maîtres à bord du Titanic hospitalier, naviguant à l'aveugle entre les malades. Ils ne prennent pas leur angoisse au sérieux. C'est quand ils vont bien qu'ils nous jugent mal. Ils ne veulent pas faire de mystique avec nous, sauf quand ils s'aggravent. La maladie les rend croyants. Nous changeons de costume, notre blouse devient une aube. Leur angoisse nous métamorphose. En apparence. La médecine ne leur suffit plus tout à coup. Ils découvrent le médecin. Ils sont prêts à lui sacrifier leur respect pour la science, prêts à l'hérésie, à la sorcellerie. Leur confiance est sans limite, leur reconnaissance éternelle. Mais sans miracle, il ne faudra pas compter sur leur pardon. Ils se diront que nous n'avons pas joué notre rôle jusqu'au bout, que nous avons refusé le sacrifice. Sous leur fausse affection, sous leur résignation, ils ne pensent qu'à nous charger de leurs maladies. Ils nous laisseraient mourir comme des chiens s'il le fallait, pour guérir. Ils restent sur l'idée qu'il a fallu crucifier Jésus, ils se méfient donc des médecins vivants. Ils nous pourchassent sans pitié, ces traîtres qui font semblant de nous aimer. Ils oublient ce qu'ils nous ont fait subir, en nous mêlant à leur destin, en nous plongeant dans leur tragédie, en se montrant nus, moribonds, en miroir. Ils oublient qu'il a fallu mentir pour eux, négliger son honneur, qu'il a fallu aggraver des souffrances, tuer des gens par erreur, se perdre pour les suivre, pour eux qui devraient nous aimer même dans nos fautes, eux qui devraient compatir, ces Judas qui nous condamnent au lieu de nous pardonner, qui nous trahissent éternellement, les salauds... Les salauds de malades.

J'ai continué ainsi, à m'échouer de garde en garde, au gré des courants, à apprendre peu à peu ce petit savoir qui permet de subir les urgences, ces trucs qui en font sortir vivant. Je suis devenu un peu moins dangereux, un peu moins menaçant. J'ai appris à gagner du temps, doucement, sans brusquer les choses, en les laissant reposer. Pour ne pas déranger mes malades, je marchais à pas feutrés, je parlais à voix basse, j'écrivais mes prescriptions sans précipitation, sans abréviation, en formant chacune de mes lettres. J'essayais de les protéger, mes beaux endormis, du baiser du prince ou plutôt des princesses des urgences, ces furies, toutes plus bruyantes les unes que les autres, hurlant mon nom d'un box à l'autre, prélevant les tubes en fanfare, claquant les portes et claironnant leurs sinistres histoires d'heures, de jours à rattraper, de transport, de crèches, de maris, de petites dermatoses, de seins, d'ovaires... Sirènes de mots destinées à les arracher au sommeil, mes engourdis, à me les rendre frais et vivaces. Je rêvais d'hypnose, à partager sans discrimination entre les malades et les infirmières.

Celles des urgences sont les pires. On les découvre la nuit, phosphorescentes, comme les feu follets des cimetières, encore plus effrayantes dans les brumes de la fatigue et de l'angoisse, retenant la garde, collaborant avec elle, pour la rallonger, l'utilisant comme une arme pour mieux nous nuire, nous chassant à coups de sonneries inutiles, pour un certificat de décès, une signature de bon de transport, creusant notre solitude à coups d'indifférence ou de méchanceté.

Peu à peu, j'ai découvert qu'il y avait finalement très peu d'urgences.

La plupart des malades tiennent jusqu'à l'aube, à moins que vous ne preniez les choses en main, ce qui n'était pas dans mes intentions. La précipitation est mère de tous les vices. J'ai vite compris que la nature avait beaucoup plus d'expérience que moi en médecine et qu'il valait mieux la laisser faire, en lui accordant sa confiance. J'ai vraiment essayé d'intervenir le moins possible, de ne prendre de décisions que dos au mur. J'ai appris que le rôle du médecin de garde n'était pas de faire avancer le problème de l'urgence, mais de le figer jusqu'au lendemain pour le relais avec l'interne du matin. On se dit au début qu'il faut créer du mouvement. C'est le contraire, il faut créer de l'inertie. Il faut décélérer, traîner les pieds.

Il y a des techniques. Le recours aux examens complémentaires.

On freine l'embolie pulmonaire par la radio des poumons, les gaz, l'électrocardiogramme, la scintigraphie ; la douleur abdominale par l'abdomen sans préparation, l'échographie ; la confusion mentale par le scanner et l'ensemble des urgences par l'éternel bilan biologique et la pose de la perfusion de sérum glucosé, particulièrement rentable chez les patients aux veines difficiles que notre infirmière, consolation, mettra du temps à trouver. Le sondage urinaire, deuxième geste pratique dont nos collaboratrices ne peuvent se décharger, est aussi recommandé au moindre doute. On trouve des armes contre le temps, des heures supplémentaires dissidentes, qu'il n'avait pas prévu de nous abandonner. En garde, ces heures se comptent en examens. Il faut en demander beaucoup et de toutes sortes. Le malade disparaît le temps du transport en radiologie, le temps de l'analyse des tubes. L'heure de la décision ne sonne pas. Avec de la chance, vous reculez jusqu'au matin.

Les choses ont changé, m'a-t-on dit. On protège les jeunes médecins. Les gardes sont maintenant sous le contrôle de « seniors », spécialistes des urgences, plus âgés, qui ont donc dû les aimer, ces pervers, pour vouloir y revenir sans contrainte. Les internes d'aujourd'hui font à peu près le métier des externes d'hier. Ils n'accepteraient d'ailleurs plus ce que l'on nous a imposé à nous, les demi-vieux. Ils parlent un peu comme les infirmières maintenant, de temps de travail, de repos compensateur. Ils me prouvent que j'ai tort d'en vouloir autant à nos souriantes auxiliaires. Elles ne sont sans doute pas si mauvaises que cela. C'est peut-être le manque de responsabilité qui crée la médiocrité. Elle occupe la place laissée vacante. Cela concerne tout le monde.

On nous en donnait à nous de la responsabilité, beaucoup trop, mais au moins on en tirait une certaine fierté, une assez haute opinion de nous-mêmes qui nous reversait de la confiance. C'est pour elle qu'on ne disait rien, qu'on s'attachait au radeau des urgences même si des malades en tombaient. Il y avait un grand bénéfice personnel à retirer qui payait le prix de l'angoisse. Les médecins ont maintenant une mauvaise vision d'eux-mêmes. Ils ne se prennent plus pour le sel de la terre. La vision critique des politiques, relayée par les journalistes, les juges et, au bout de la chaîne, les malades, les a ramenés à de plus justes proportions. La médecine devient un métier comme un autre, avec un esprit fonctionnaire et syndical. Les internes d'aujourd'hui seront moins bien formés ? Quelle importance. Les examens complémentaires compenseront. Les médecins pourront devenir de plus en plus mauvais, on ne le saura pas. Les IRM proliféreront, feront les diagnostics d'anévrisme qu'ils auront ratés, de dissections qu'ils n'auront pas vues. D'autres examens viendront, plus performants, qui montreront tout. Les radiologues à la conquête de la place hospitalière deviendront les maîtres. L'hôpital servira aux urgences graves et aux vieillards qui ne peuvent plus vivre seuls. Le reste de la médecine se passera en ville ou dans des petites structures privées. Les chirurgiens se nourriront des miettes que leur laissera la radiologie interventionnelle. L'empire sera livré en pâture aux envahisseurs, les médecins utiles : radiologues, réanimateurs, gériatres.

C'est la fin d'un monde. Autant le dire franchement, je ne le regrette pas du tout. Adieu et amen. Ce sont ennemis que vent emporte... Qu'ils disparaissent ces hôpitaux monstrueux, ces services prétentieux, ces médecins arrogants à qui l'on confiait le destin des autres et qui l'assumaient seuls, inconscients et fiers. Les machines les remplacent et c'est justice. Qu'ils redeviennent des gens normaux, qui ne décident pas sans certitude, sans conseil, sans image. La médecine n'est déjà plus pratiquée par des individus mais par des groupes. Le temps des décisions collectives vient balayer des siècles de liberté individuelle. Enfin. Elle ne mérite aucune nostalgie, la médecine d'hier, cette mangeuse de jeunesse, cette vieille peau voluptueuse qui nous poursuivait de ses avances immondes. Je voudrais pouvoir l'insulter éternellement, me venger de tout ce qu'elle m'a fait, de ce qu'elle m'a poussé à faire. Elle est morte avant que je puisse lui recracher son venin à la face. Je regrette de la voir disparaître sans avoir suffisamment contribué à son assassinat.

J'ai rencontré des médecins nostalgiques, des confrères à la larme facile, qui gardent leur blouse d'interne comme une relique. Ils regrettent leur liberté, leur autorité, leur prestige. Ils regrettent tout. Ils sont de ceux qui commencent tôt à naturaliser leur propre vie, des empailleurs qui croient vraiment à la mort de leurs souvenirs et avec eux d'une partie d'eux-mêmes. C'est une vraie boucherie qui les attend pour rendre présentables les corps morts de leur jeunesse. Il faut les éviscérer, les remplir de paille, leur arracher les yeux. La salle d'attente de la nostalgie ressemble à un laboratoire d'anatomie. Ils ne vivent pas, ces mutilés de médecine, ils sont collectionneurs d'eux-mêmes. Ils entreposent leurs petits bouts de cadavres formolés. Pour qui ?

Moi, je suis vivant. J'ai laissé du cœur, de l'espérance et surtout énormément de joie dans mes voyages hospitaliers. Je ne trahis pas ce que j'ai perdu, ce qu'on m'a volé. Cela m'appartenait, cela me manque comme un objet cher, c'est tout. Ma jeunesse n'est pas morte pour si peu, elle m'accompagne jusqu'au bout, bien vivante. Mon seul doute, c'est que l'adieu soit possible, que je puisse vraiment me séparer de la médecine quand je l'aurai quittée, qu'elle ne continue pas à me prendre de la substance, à progresser à mon insu, comme une gangrène qui finira par m'emporter. On verra bien.

Ceux qui peuvent justement la cultiver la nostalgie, ce sont les grands patrons. Ils n'existeront plus. Ils n'existent déjà plus. La médecine est devenue trop exacte pour eux. Il fallait une science beaucoup moins technique, approximative et mystérieuse pour leur épanouissement. Il fallait pouvoir dire tout et n'importe quoi, sans contradiction possible, sur la seule foi de l'autorité et du charme. Le scanner cérébral a fait disparaître les mandarins en neurologie.

J'en ai vu au début de ma carrière, les derniers, tout au bout de la leur. Ils vacillaient pendant les staffs devant des petits radiologues teigneux qui leur montraient en public les lésions qu'ils avaient ratées. Comment pouvaient-ils survivre ces grands hommes ? Ils avaient réalisé des choses remarquables, travaillé sans relâche, décrit des signes, des maladies, édifié une science du diagnostic, formé des centaines d'élèves, dans la souffrance des concours, à une belle médecine clinique, qui dans le fond n'allait plus servir que dans ses grandes lignes, sous une forme grossière.

Il y a un beau livre qui raconte la fin d'un grand patron. C'est un prince sicilien, mais en réalité c'est un grand médecin, d'une époque révolue, qui a beaucoup apporté à sa science, qui lui a consacré l'essentiel de sa vie. Il pense que tout va lui survivre, sans changement, qu'il pourra nommer ses enfants derrière lui, parce qu'il fait partie d'une grande famille médicale qui s'étend sur plusieurs générations, jusqu'aux Grecs, jusqu'à Hippocrate. Mais il voit apparaître les radiologues, en foule, qui détruisent tous ses projets, sapent son autorité, le mettent sur la paille. Il en est réduit à marier l'un des siens à la fille d'un chef de radiologie. Il dit : « Nous étions les guépards et les lions, ceux qui nous succéderont seront les hyènes et les chacals... » Il est très mauvais perdant.

En 68, Pierre Ferré défilait dans l'hôpital avec une pancarte où il était écrit « Adieu les patrons ». Il était alors chef de clinique en neurologie, très engagé dans la lutte. Il avait organisé un défilé de médecins dans l'enceinte de la Salpêtrière, avec beaucoup d'inscrits. Le jour de la manifestation, ils étaient quatre dans les allées à dire adieu à leur carrière. Trois ont été renvoyés, Pierre Ferré n'a jamais été nommé agrégé, même vingt ans plus tard, bien au-delà de la date de prescription pour les assassinats ou les viols. 68 n'a changé la médecine qu'en surface. Langage plus direct, tenue plus négligée, c'est tout. La vraie révolution, ce sont les radiologues qui l'ont faite.

Je n'ai pas connu l'époque de la médecine sans image. La seule image qu'on avait alors, devant un patient neurologique, était mentale. A partir d'un déficit moteur, il fallait remonter les voies nerveuses, imaginer le passage de l'influx dans le nerf périphérique, les racines, la moelle, le tronc cérébral jusqu'au cortex. On apprenait la médecine en dessinant. L'anatomie était la grande matière des concours. On ne l'enseigne plus aujourd'hui, ou maigrement au tout début des études. On retire les images intérieures au profit des images extérieures affichées sur écran. Les premières nous appartenaient, les secondes nous sont étrangères. Personne ne pouvait partager ce cheminement dans nos mémoires. En transparence, le patient rencontrait notre imagination, notre créativité, sa forme ne s'imposait pas de manière rigoureuse, elle variait par rapport au schéma du livre, elle s'enrichissait. L'anatomie libre créait une intimité avec le malade qui s'est perdue, dans ces sinistres staffs de radiologie où cinquante regards s'arrêtent à la surface d'une photographie.

C'est Charcot qui, en neurologie, a commencé à fabriquer les images intérieures, par la méthode anatomo-clinique qui consistait à disséquer les cerveaux blessés pour repérer le siège de la lésion. C'était un cartographe qui travaillait sur le vif, si on peut dire. Il gardait les patients jusqu'au bout. Ses images ne pouvaient être vues qu'une seule fois et se conservaient mal dans les bocaux de formol, mais elles entraient dans les mémoires, malléables.

Les donateurs étaient très nombreux à la Salpêtrière et mouraient avec une bonne régularité, ce qui facilitait les révisions. Mais en attendant de les avoir sous les yeux, un effort d'anticipation était nécessaire. Les patients prenaient un peu de temps pour se rendre au laboratoire. Ils ne s'y précipitaient pas. C'était encore une médecine aveugle. On la pratiquait en braille, en touchant beaucoup, en écoutant. Les sens se développaient.

C'est en touchant les pieds des malades que Babinski, l'assistant de Charcot, a trouvé son signe, en cherchant avec les mains sur les jambes, en frôlant les plantes, en écoutant le bruit des orteils sous les gros draps de lin, une musique, mais discrète, que personne ne percevrait plus aujourd'hui. Le signe de Babinski est la clé de l'examen neurologique. Il vient du temps où les paralysies hystériques étaient bien plus fréquentes qu'aujourd'hui. On ne s'y retrouvait plus entre les paraplégiques. La conversion paralysait les jambes de manière aussi complète qu'une section de moelle épinière. C'est le gros orteil qui sépara les psychiatres des neurologues. Comment le génie de Babinski vint-il se poser sur la partie de notre anatomie la plus éloignée du cerveau, organe noble auquel il avait consacré sa vie ? Personne ne le sait. Il remarqua qu'en grattant la plante du pied des paraplégiques, le mouvement du gros orteil pouvait révéler le mystère de leur déficit et permettre le diagnostic différentiel entre les atteintes de la moelle et les maladies de l'être. Si le gros orteil s'étend, la moelle est atteinte, s'il reste en flexion, la pensée est coupable.

Tous les neurologues, depuis, passent leur temps à gratter les plantes des pieds, en longeant le bord externe à la recherche de l'extension « lente et majestueuse », avec une épingle à nourrice décrochée du revers de leur blouse, leur marque de reconnaissance.

Ils étaient créatifs ces patrons d'autrefois. Ils justifiaient l'idée d'un art médical. Charcot était artiste, un bon peintre, qui connaissait les nuances. Il voyait les maladies en couleurs, il savait les séparer. Avant lui, on mélangeait tout. Les hystériques avec les scléroses en plaques, les schizophrènes avec les épileptiques. Tout le monde était traité de la même façon, par l'enfermement. Il a su diviser la lumière, répartir les maladies en arc-en-ciel, distinguer les couleurs primaires. Son esprit était un prisme. Il a vu le bleu de la psychiatrie et le rouge de la neurologie. Il a su distinguer les paralysies psychiques à confier à Freud et les maladies de la moelle épinière à inscrire au laboratoire.

La médecine, bien sûr, n'obéit pas servilement aux lois des médecins. Elle prend un malin plaisir à les contourner. Elle sait qu'en réalité, nous n'avons aucun pouvoir sur elle. J'ai rencontré des patients pour qui la question de l'hystérie ou de la maladie organique restait posée, des résistants aux examens complémentaires les plus sophistiqués, des rebelles, qui nous renvoyaient au temps de Charcot.

Je me souviens d'une femme pour laquelle le doute n'a jamais été levé. Elle avait développé une paraplégie progressive à l'âge de 20 ans et s'était installée à la Salpêtrière. Elle conduisait son fauteuil roulant dans les services de neurologie, passant de l'un à l'autre, changeant de stage avec les internes et relançant régulièrement des staffs combatifs autour d'elle avec, d'un côté, les partisans de l'hystérie, de l'autre, les convaincus de la maladie dégénérative.

J'ai commis sur elle, une des dernières faradisations de la Salpêtrière, vénérable méthode d'électrothérapie recommandée par Charcot et Vigouroux pour le traitement des paralysies résistantes. Personnellement, je la sentais plutôt hystérique, mais je ne l'aurais pas juré. Quand je l'examinais, j'avais l'impression de passer un concours. Ses réflexes avaient été tapés par tant de neurologues, tant de patrons célèbres, qu'ils en imposaient. On ne les recherchait pas comme chez n'importe qui, l'air détaché.

Elle connaissait l'examen clinique sur le bout des ongles et donnait des conseils à l'examinateur. Elle rappelait à l'ordre si une manœuvre était oubliée. Quand je testais sa coordination en lui demandant de toucher le bout de son nez avec son index, elle complétait spontanément en touchant le lobe de son oreille et déclarait que le professeur Untel avait enseigné à ses élèves que cette manœuvre était plus sensible. C'était une patiente difficile.

Elle se prénommait Blanche. Seuls les chefs de service ou les agrégés avaient droit à son prénom. Pour les autres, il fallait dire mademoiselle Blanche. C'était une femme d'une cinquantaine d'années quand je l'ai rencontrée, qui vivait seule, oscillant comme un pendule entre l'hôpital et les centres de rééducation. Ses jambes n'étaient pas absolument inertes. Son déficit fluctuait. Les périodes d'amélioration relâchaient les attentions autour d'elle, puis une aggravation relançait une nouvelle batterie d'examens et des ponctions lombaires qu'elle acceptait avec bienveillance. On ne comptait plus celles qu'elle avait subies. Elle donnait des notes aux internes qui la piquaient. Je reçus un douze sur vingt qui reste une moyenne que je n'ai pas toujours atteinte au cours de ma carrière.

Tous les traitements avaient été essayés. Elle avait eu droit aux molécules les plus agressives, des centaines de grammes de cortisone, des immunosuppresseurs multiples qui lui avaient offert toutes les complications possibles : hémorragie vésicale, aplasie médullaire, choc septique. A bout d'arguments, il fut décidé un jour de la faradiser.

La faradisation se passait en public, dans un grand amphithéâtre rempli d'étudiants, d'internes, d'infirmières, de secrétaires, le nombre de témoins étant essentiel à la réussite de l'opération. Les chefs s'assemblaient au premier rang.

La malade était conduite dans un silence religieux, au milieu de l'arène, face à son bourreau, face à moi. La faradisation consistait, à l'aide d'un générateur d'électricité, à appliquer des décharges dont on faisait varier l'intensité, sur des points clés de la colonne vertébrale où siégeaient les nœuds mentaux qui entravaient la mobilité du condamné.

Les résultats, il faut le reconnaître, étaient parfois étourdissants. J'ai vu un « Lève-toi et marche » réussi par un patron de la Salpêtrière, sous les applaudissements, la salle debout.

Mademoiselle Blanche n'était pas disposée à m'accorder un succès public. Elle me trouvait méfiant. J'armai le stimulateur sous la surveillance du premier rang patronal, ponçai vigoureusement la peau et avec gravité déclarai que ce traitement devait lever les blocages de la conduction nerveuse qui paralysaient ses jambes. Elle tourna un visage désespéré vers l'assistance et baissa la tête en signe de résignation. On la dénuda jusqu'à la taille et j'approchai la sonde d'une zone approximative de son rachis cervical, hésitant entre les trois premières vertèbres ou les dernières. Je pris soin de réduire l'intensité au minimum afin de délivrer des chocs de cinq à dix milliampères, peu susceptibles de déclencher la moindre réaction.

Quand la sonde effleura sa peau, j'eus le sentiment que quelqu'un de très haut placé dans les cieux avait décidé de se distraire avec moi, par désœuvrement, comme aux plus sombres instants de mes gardes d'urgence. Le courant était à peine amorcé que son corps se mit à convulser furieusement, avec morsure de langue, cyanose du visage tirant vers le noir, puis fracture du col du fémur sous l'effet de la chute du fauteuil d'où la crise l'avait expulsée comme le diable de la boîte.

La surprise eut sur moi un effet tétanisant. J'offris le spectacle d'un médecin statufié aux pieds duquel une épileptique convulsionnée rendait l'âme. On fit venir les réanimateurs puis les orthopédistes. Je restais dans ce grouillement, à l'écart, la sonde de faradisation toujours à la main, étrangement seul, l'œil rivé sur le visage de mademoiselle Blanche, sereine dans son coma.

Comme toujours, elle se rétablit vite. Son épilepsie nouvelle conduisit à de nouveaux examens complémentaires, tous normaux, à la mise en route d'un traitement par barbituriques qui améliora son sommeil et à une grande vague de suspicion à mon égard.

La faradisation fut abandonnée peu de temps après et j'ai toujours ressenti une certaine culpabilité vis-à-vis de Charcot dont l'avis aurait été précieux pour le cas de mademoiselle Blanche qui, m'a-t-on dit, résiste encore à l'imagerie moderne et que personne n'examine plus.

Pour mon expérience personnelle, j'avais retenu de cette histoire qu'il m'avait suffi de frôler la peau d'une malade pour l'envoyer trois semaines en réanimation. Ce souvenir contribua à renforcer la retenue excessive que j'affiche encore devant mes patients et ce pas en arrière qui vient comme un réflexe dès qu'ils avancent vers moi.

Chacun se demandait si cette crise était organique ou psychiatrique, la faradisation ne faisant a priori pas convulser. Cela ne changeait rien, les faits étaient là, j'étais dans cette histoire. Une technique respectable, aussi historique que la compression des ovaires ou la suspension des ataxiques, avait été enterrée par mes mains et ridiculisée.

Le bruit courait dans les salles de garde que notre service traitait la paraplégie par l'épilepsie et que le projet inverse était à l'étude. Mon patron déclina poliment ma demande de poste de chef de clinique. Je ne pouvais pas lui en vouloir. En médecine, on ne se dégage pas des faits.

« Primum non nocere », d'abord ne pas nuire.

C'est la seule leçon que l'on devrait retenir en médecine. On l'apprend beaucoup trop tôt, quand on n'en mesure pas l'importance. Il faut lutter contre cette tendance que l'on a, de toujours aggraver la situation de l'autre. Il faut arriver à se faufiler entre la maladie et le malade, frôler les deux. Si vous essayez de prendre de la place, vous faites du tort à votre patient. Ceux qui veulent exister dans la maladie des autres se trompent. Ils s'invitent alors qu'ils ne sont pas conviés, ou très brièvement. Ils ont l'air empressés, concernés mais en réalité ils s'occupent de leurs propres intérêts. Ils soignent avec une fausse gratuité. Ils attendent des bénéfices de leur dévouement, une mise en valeur de leur compétence pour nourrir la très haute opinion d'eux-mêmes qu'ils cultivent. Ils sont dangereux, ces médecins qui veulent coûte que coûte se mêler de la guérison de leur patient, qui n'acceptent pas d'en être le simple témoin, qui se sentent créateurs. Ils voient leurs soins comme une œuvre. Ils doutent de leur avenir. Ils fécondent pour se prolonger, pour survivre dans les mémoires. Ils prescrivent au fer rouge.

Ce sont les mêmes qui enseignent à leurs élèves une médecine virile, les « conduites à tenir » définitives, aiguisées comme des lames, les armes de l'interne d'action, du guerrier de l'urgence. Ils ne sont plus du tout frôleurs, plus faufilants pour un sou. Ils deviennent malfaisants, surtout en neurologie où les choses se passent souvent sans vous et où il faut respecter le dédain de la maladie, qui vous ignore volontiers, vous considérant comme une quantité assez négligeable.

Pour ma part, j'ai dû lutter contre le défaut inverse des neurologues, la passivité. J'ai eu tendance à cultiver l'absence, à trop respecter l'intimité du malade et de sa maladie. C'est très difficile de trouver une voie moyenne. J'ai fait des erreurs dans les deux sens.

Hors de mes trois amis, j'ai cherché des gens heureux en médecine. Je raisonnais en immunologiste, j'expérimentais des vaccins. Je me disais que, peu à peu, le contact avec des médecins inactivés allait déclencher une réaction positive en moi, une défense plus solide de mon organisme contre les attaques. Je m'entourais donc de collègues béats. J'allais même jusqu'à les inviter chez moi, le soir, pour les injections de rappel.

Je me suis lié à un champion de la jubilation, en extase permanente. Il s'appelait Noé, nom prédestiné, car il méritait vraiment de rester seul rescapé du déluge de la médecine dont il était le plus fidèle serviteur. Il ne pouvait pas résister à la joie de trouver la bonne étiquette. Le seul vrai plaisir de sa vie était le diagnostic. Il retombait en enfance avec les maladies. Il les redécouvrait toujours avec la même fraîcheur, le même rire. Il les faisait tourner autour de lui comme un train électrique, inlassablement.

Je refusais d'y croire au début. Il était tellement éloigné de moi, que je n'arrivais pas à m'empêcher de chercher l'imposture. Simulation, névrose, innocence... ? Non, la médecine était un loisir pour lui. Il jouait à cache-cache avec les symptômes. En consultation, il avait l'impression d'ouvrir des placards, de chercher sous les lits. Il comptait presque, avant de partir examiner son malade.

Je l'admirais au bout du compte. Il avait su garder son enfance en médecine, ce qui n'est pas à la portée de n'importe qui. Il lisait le traité de neurologie comme un roman de Conan Doyle. Il était resté à Whitechapel, en train d'enquêter, nuit et jour. Un réflexe trop vif était un indice pour lui, ses yeux brillaient. Un signe de Babinski illuminait son humeur. Je le revois encore, hilare à la fin d'un staff, me lançant ses derniers diagnostics comme de bonnes blagues de carabin : méningite carcinomateuse, épidurite métastatique, SLA bulbaire... Du miel.

Il n'y avait aucune méchanceté en lui, tout le monde l'aimait bien. Il n'avait pas réussi à devenir professeur. Il avait choisi de rester attaché à plein temps, tellement ça l'amusait l'hôpital, cette grande salle de jeux. Les patients aussi l'aimaient bien. Il avait de l'empathie. Je l'enviais, ce grand type maigre et barbu qui ressemblait à un croque-mort, mais alors gai, incroyablement gai au contact de la maladie. Elle lui chatouillait les côtes, chuchotait à son oreille la dernière histoire tordante, la dernière charade...

Moi, l'hôpital m'a fait vieillir. Il a joué un rôle de propulseur pour mon âge, plus vite et plus loin. Il m'a rendu sinistre. Je n'ai rien pu faire. Je n'ai pas pris la chose comme il fallait. J'aurais dû suivre Noé de plus près et me laisser gagner par sa bonne humeur. Il en avait tellement, pour les plus atroces maladies, des réserves pleines, qu'il en serait sûrement resté un peu pour moi. Je n'aurais eu qu'à piocher dans son grand rire.

On lui a finalement confié les consultations neurologiques des cancéreux, dans un centre au Raincy, qui ressemble vu de l'extérieur à deux grands cercueils mis en croix. Je les avais faites avant lui, les consultations des cancéreux. C'était de la vraie neurologie. Il ne fallait jamais aborder un malade de là-bas comme en ville, en se posant la question de l'hystérie ou de la réalité du symptôme. Au Raincy, il n'y avait pas d'hystérique. Les malades étaient tous neurologiques et graves.

Noé ne supportait pas la paralysie psychique. Pour lui, la vérité de la médecine était dans l'irréversible. Je ne l'ai vu se mettre en colère qu'une seule fois durant nos années d'hôpital, contre une hystérique hémiplégique aux urgences. J'étais là quand il l'a examinée. Elle n'avait pas son signe de Babinski. Il ne l'a pas supporté. Il aurait préféré pour elle l'accident vasculaire ou la tumeur, à la rigueur une poussée de sclérose en plaques. J'ai bien essayé de lui dire que c'était quand même une maladie, l'hystérie, que ce n'était pas de la simulation. Il n'a rien voulu entendre. Il aurait voulu la faire jeter dehors avec les clochards.

Chez les cancéreux, il avait donc trouvé sa voie. Il dut réorganiser l'antenne neurologique dont le développement n'avait pas été favorisé par mon passage et rétablir un rythme de travail plus classique. Mes consultations, là-bas, se faisaient au pas de course. Je tenais à rester le moins de temps possible dans ce caveau, parmi tous ces malades qui mouraient d'une semaine sur l'autre, avec acharnement. L'angoisse accélérait mon métabolisme, noyé de cortisol, la superstition aussi. Je sentais que cet endroit me portait malheur.

Plus la neurologie est grave, plus elle est simple. Il suffisait de regarder les patients respirer et bouger sur leur lit, suivre les regards, pour diagnostiquer leurs tumeurs, leurs méningites, leurs infiltrations. Ils étaient tellement fatigués, de cancer, de chimio, de rayons, que je n'osais pas les déranger. Vers la fin, je les examinais à peine. Je ne recherchais même plus leur signe de Babinski, ils l'avaient tous. Je finissais par les regarder par l'entrebâillement de la porte, juste pour pouvoir dire que je les avais vus. Les cancérologues me demandaient des avis et je devais rédiger un petit texte sur le dossier du malade. J'écrivais gros pour remplir la page. Je ne pouvais plus continuer. Le minimalisme de mes interventions commençait à s'ébruiter. J'ai proposé à Noé de prendre mes vacations. Il m'a remercié comme pour un cadeau de Noël, chaleureusement, en me donnant l'accolade.

Au Raincy, il était heureux. Il s'épanouissait dans cette mare, comme un nénuphar.

Je lui aurais bien adressé mon malade des jardins, pour qu'il s'amuse, sans lui dire ce qu'il avait, en lui faisant croire que le diagnostic n'était pas fait. Il m'aurait téléphoné triomphant, pour m'annoncer la bonne nouvelle de la SLA.

Noé s'attachait à moi. J'étais un gai luron, plein de bonnes devinettes en réserve. Je dirigeais beaucoup de malades vers sa consultation. Il m'appelait tous les jours pour me raconter sa dernière trouvaille. Je me forçais à rire avec lui, pour ne pas casser l'ambiance. Le cœur n'y était pas.

Malgré Charcot et grâce à mademoiselle Blanche, la psychiatrie reste mariée à la neurologie. D'ailleurs officiellement nous restons des neuropsychiatres, nous cotons les actes en double spécialiste, ce qui augmente le prix de notre consultation. Notre formation freudienne reste néanmoins succincte.

Nos directeurs d'enseignement semblaient tenir à respecter le vœu d'isolement de la psychiatrie. Ils avaient décidé de ne pas la déranger et surtout de ne pas trop nous y mêler. Pour justifier le maintien du titre de neuropsychiatre que nous revendiquions, pour des raisons financières, ils lui avaient concédé un stage obligatoire de six mois sur notre cursus de quatre ans. Ce service était en règle générale choisi par les internes de dernier semestre, pour y écrire leur thèse dans une ambiance feutrée et peu traumatisante.

C'est là que j'ai gâché mon ultime chance d'évasion. La médecine en donne peu. Une ou deux, tout au plus, dans une carrière. C'est un crime de les laisser passer. En réalité, je n'ai pas osé m'échapper seul. J'attendais un compagnon. Mais les évadés de la médecine partent presque toujours avant l'internat. Après, le pacte est scellé, avec le sang des malades. Aucun de mes trois amis ne voulait m'accompagner. Sans médecine, ils se sentaient orphelins. Ils m'ont sacrifié.

Pour moi, ces six mois de psychiatrie ont été mes dernières grandes vacances. J'avais choisi un stage de consultation et d'orientation. Il n'y avait donc pas de salle, pas de visite, pas de contre-visite. Le rôle de l'interne se bornait à apprendre les finesses de l'entretien psychiatrique, en restant à l'écart, témoin discret auquel on ne demandait jamais rien. Venant de la grisaille et des tempêtes des services de médecine conventionnelle, je découvrais un nouveau monde ensoleillé au rythme tahitien, où les jours s'écoulaient doucement, où la vie semblait avoir oublié ses intentions de nous nuire, où les problèmes n'apparaissaient que sous forme de rides à la surface d'une eau calme, jamais plus qu'un léger clapotis.

Mon emploi du temps de l'époque est, encore aujourd'hui, un souvenir que j'utilise pour trouver le sommeil, une berceuse dont je ne me lasse pas.

J'arrivais à dix heures, au milieu des bonjours souriants des vahinés du service qui, n'ayant aucun contact avec les malades et très peu avec les médecins, avaient développé une décontraction aimable et contagieuse. Elles m'offraient, comme une couronne de bienvenue, la liste des malades à visiter, un ou deux dépressifs qui m'attendaient sans impatience dans un secteur lointain de l'hôpital. D'un pas rapide, j'allais enfiler ma blouse et partais saluer mon patron avec l'énergie d'un homme réveillé depuis l'aube. Je recevais son « Tout va bien ? » quotidien. J'écoutais avec attention ses projets d'articles sur l'influence des personnalités morbides dans le développement des maladies neurologiques, lui demandais un peu de temps pour parfaire ma formation avant de m'y atteler et acceptais le second café de la matinée, partagé sans précipitation dans son vaste bureau donnant sur une merveille de petit cloître qui appelait à la méditation. Tout allait bien.

La vraie difficulté de mon stage commençait à la sortie du bureau du patron. Il s'agissait de parcourir le chemin de mon arrivée, à l'envers, sans se faire remarquer, traverser les couloirs du service, la cour de l'hôpital, le porche de sortie, pour rejoindre mon second lieu d'exercice, un café caché où j'avais chaque matin ma table réservée à l'abri des regards. Je retroussais ma blouse sous mon manteau bleu d'interne afin que mon évasion n'attire l'attention de personne et retrouvais ma liberté en civil.

Je commençais, autour de mon troisième café de la matinée, à parcourir les nouvelles du jour, sur les quotidiens que la patronne réservait aux habitués. Je n'ai jamais été aussi informé qu'à cette époque. J'avais décliné l'offre hospitalière du bip qui permettait de me localiser, prétextant que sa sonnerie était susceptible de troubler mes entretiens avec les patients. On ne me trouvait donc nulle part, ce qui donnait l'impression d'un débordement d'activité qui forçait l'admiration au sein du service.

Onze heures sonnaient. Je regagnais l'enceinte de l'hôpital, déroulant ma blouse avec naturel, et partais consulter mes deux patients. Nous parlions agréablement quelques minutes et en fonction de mon impression clinique, je suggérais la prescription d'un antidépresseur, en recommandant une consultation avec quelqu'un d'autre pour le suivi ultérieur.

En ce qui concernait les gardes, les choses étaient claires. Les internes psychiatres n'étaient pas sur les listes, depuis quelques incidents aux urgences que la direction avait eu du mal à étouffer. Pour ne pas modifier cette règle menacée par mes antécédents neurologiques, je ne laissais planer aucun doute, lors de la réunion générale, sur mon probable changement d'orientation professionnelle. La psychiatrie était une révélation. La promesse de ma conversion à venir souleva une vague de scepticisme, mais dans l'hésitation, il fut finalement décidé de me rayer des listes de garde.

Commença alors la vie radieuse d'un médecin jeune, inoccupé, éternel étudiant, croisant les malades sans les arrêter, les saluant, entretenant avec eux des rapports cordiaux, ne forçant pas son cœur pour les écouter et compatir, partageant une douleur, un chagrin, avant de les orienter vers un autre, sans cynisme, avec gentillesse et surtout avec une grande provision de calme, ouverte à tous.

Les psychiatres que j'ai rencontrés étaient des gens fins, cultivés, s'intéressant aux maladies de l'âme, parlant moins des autres que d'eux-mêmes, sans marquer de différence. Je prenais des leçons d'humanité, matière peu enseignée à la faculté.

Je me débarrassais à la hâte de mon étiquette de médecin « conventionnel » qui m'exposait aux demandes les plus diverses du personnel du service, en manque de conseils techniques. Je répondais aux questions de dermatologie ou d'obstétrique de la même façon, par un définitif « Je ne sais plus. Tout ça est si loin ». Je faisais sentir le poids de ma nouvelle vocation. A l'extérieur, j'avais adopté une stratégie imparable. Quand on me demandait un avis psychiatrique, je disais que j'étais médecin. Pour un avis médical, j'étais psychiatre.

J'avais été confié pour ma formation à Moussa, un Libanais. Il était venu se former à Paris, en neurologie lui aussi, vingt ans plus tôt, avec une grande carrière de chef de service attendant son retour. Il avait découvert la psychiatrie après des années de formation hospitalière suffisamment brillante pour qu'on lui confie la responsabilité d'une unité de réanimation neurologique dans un CHU. Un vrai coup de foudre de cinéma. Il avait tout abandonné pour elle. Il s'était fait naturaliser et avait accepté un poste de praticien hospitalier à temps partiel, qu'il occupait d'ailleurs très partiellement.

Il souriait tout le temps, il ne prenait rien au sérieux. On sentait qu'il avait bourlingué en médecine. Il avait de l'expérience. Il en connaissait plus que moi, dans toutes les spécialités et dans la mienne surtout. Mais il ne le faisait pas trop savoir. Joyeux mais méfiant. Il ne pouvait pas s'empêcher, quand un interne prenait un hématome sous-dural à forme confusionnelle pour un délire paranoïaque, de suggérer l'indication d'un scanner cérébral en urgence, mais humblement, en y mettant les formes, sans insister.

Je l'aimais beaucoup Moussa. Je n'ai pas réussi à cloner sa gaieté, pour moi. Il a essayé de m'aider pourtant, de m'en donner autant qu'il pouvait. Il était ennuyé par ma tristesse, ma grande désolation intérieure qu'il avait diagnostiquée. J'aurais bien aimé lui ressembler, suivre le modèle de sa carrière, mais il était plus intelligent, plus sage. Il me répétait toujours « Viens avec moi », quand nous étions déjà ensemble. C'était sa phrase. Je le suivais dans ses entretiens et ailleurs. On flânait dans l'hôpital sans rien dire. On sortait quelquefois. On poussait jusqu'à la Seine, parfois jusqu'au jardin des Plantes pour voir les arbres, les cèdres qui avaient disparu du Liban. Il me manque son

« Viens avec moi ». Il le disait avec amitié, avec tendresse. Je n'avais pas besoin de lui répondre. Il demandait juste de la présence.

Il m'a beaucoup appris en psychiatrie. Nous avions la charge des tentatives de suicide, les « TS » de la nuit qui, au matin, devaient passer par une consultation psychiatrique obligatoire.

Les TS aux urgences, je les voyais reposé, sans les pénibles heures d'insomnie qui les précédaient, sans le souvenir du lavage gastrique moyenâgeux, avec le gros tuyau d'arrosage qu'on faisait avaler de force aux désespérés, aidé par deux aides-soignants musclés, pour drainer à grands flots les estomacs remplis de comprimés, cinq à dix litres d'eau à évacuer dans les râles et les vomissements.

Pour moi, le péril était relativement modéré, mon rôle étant d'orienter et de signer le bon de sortie. Quant aux risques de récidive, Moussa avait levé toutes mes inquiétudes dès le premier jour. On signait toujours, sauf pour les mélancoliques délirants ou stuporeux. Moussa était fataliste et ne donnait pas d'importance excessive à ses décisions. C'est aussi cela qui l'avait attiré dans la psychiatrie. Il aimait le partage des responsabilités avec le patient.

En neurologie, la tumeur cérébrale est à vous, le malade n'y peut rien. Si vous la ratez, vous ne divisez pas votre culpabilité. Vous l'emportez seul. Les déprimés, c'était différent. On devait surtout les protéger contre eux-mêmes, pas contre une prolifération cellulaire, une dilatation de la paroi d'une artère ou un virus dans le sang. C'était une nuance importante, on sentait moins de méchanceté divine contre nous. On ne faisait pas de métaphysique.

Nous arrivions donc le matin aux urgences, recueillir les suicidants, qu'on avait rassemblés dans une salle à part, sans fenêtre. L'interne éreinté nous résumait la situation et les entretiens commençaient. Moussa les écoutait de manière assez détachée. Il s'était donné pour règle de peu interférer. Ses entretiens ressemblaient à une conversation entre amis. Pas de mots techniques, pas de grandes phrases. Il tutoyait tout le monde. Il demandait au patient si ça allait, ce qu'il devenait, s'il avait un travail, une femme, des enfants, un logement. S'il n'était pas bavard, Moussa ne disait rien. Il restait tranquillement assis, proposait un café, et buvait le sien, en silence sans se presser. Il arrivait à alléger les atmosphères. C'était un don. Il n'y avait pas de gêne dans ce long silence. Il y avait du temps qu'il donnait sans impatience, gratuitement. Au début, je ne me m'habituais pas à ces entretiens muets. J'avais tendance à me pétrifier sur ma chaise, à retenir ma respiration et à aggraver le silence. Et puis je m'y suis fait. J'ai appris à vivre sans mots dans ces situations, sans honte de ne pas en avoir. J'ai essayé d'accepter le silence, de le transformer en tranquillité, en gentillesse, en considération, d'y mettre des choses qui pouvaient être ressenties, qui devaient l'être. Le silence de Moussa était habité, puisqu'on ne s'y sentait pas seul et que les patients ne demandaient pas à en sortir. C'est lui qui disait simplement : « Si vous voulez me voir, j'ai ma consultation sans rendez-vous de quatorze à seize heures. »

Sa consultation était toujours pleine. Il ne pratiquait pas d'analyse, pas de technique particulière. Il y réinventait une psychiatrie sans langage, qui était une science difficile à apprendre, bien différente d'une simple écoute miséricordieuse. Il y avait une volonté thérapeutique derrière, il était médecin avant tout. Il prescrivait son silence comme des gouttes, en variant les doses, en variant la composition, tout un art de soins muets, d'ordonnances blanches.

Un jour, le patron m'invita à suivre les consultations des autres attachés du service pour découvrir des styles différents. Il jugeait en effet que la compagnie de Moussa exerçait sur mon énergie une action un peu délétère. Il me trouvait moins vif. Son « Tout va bien ? » matinal recevait une réponse plus hésitante. Mon rythme de début de stage s'était ralenti. J'avais perdu de ma superbe neurologique et il ne percevait plus en moi cette « force médicale qui va », pleine de certitudes et de décisions prêtes à jaillir. Il trouvait que je me psychiatrisais. Il me préférait neurologue.

Moi, je ne me sentais pas différent. Je me sentais simplement bien. Je comprenais en même temps que la sérénité ne me réussissait pas, puisqu'on me la reprochait. Je décevais quand j'étais heureux. Mon patron était un homme que je respectais, qui avait écrit des livres importants sur les personnalités pathologiques. C'était troublant, sa manière de ressentir mon calme intérieur comme un symptôme anormal. J'avais confiance en ses jugements.

En bref, j'étais plutôt fait pour l'angoisse.

Je fus donc éloigné de Moussa pour quelque temps et confié au second attaché du service, un vieux psychiatre à la peau burinée, ancien grand alcoolique ne se séparant jamais d'une bouteille d'eau minérale, qu'il sirotait au goulot, entre chaque entretien. Son style était différent. D'emblée, il me déclara : « Un grand principe, pas de cadeau aux déprimés. » Les déprimés, comme tout le monde, j'avais tendance à leur taper sur l'épaule en leur disant que je les comprenais et que leur situation allait s'améliorer. Funeste attitude. J'aggravais les choses avec ma compassion. Elle signifiait qu'ils avaient eu raison de vouloir mettre fin à leurs jours. Dans la vie, ils ne rencontraient qu'indifférence ou animosité ; dans la mort, douceur et compréhension.

En les accueillant bien, je les poussais à la récidive. C'était le rôle des amis d'être gentils avec eux, pas celui du médecin. Ils constataient que même un étranger à leur vie ne se révoltait pas, les jugeant trop lamentables pour s'en sortir autrement que par la fenêtre. C'était insupportable, la gentillesse du médecin, surtout s'ils avaient confiance et croyaient en sa compétence. Je ne donnais aucune solution à mes désespérés avec mon stupide sourire. Pire encore, chez ceux qui étaient en manque d'affection et qui s'attachaient à moi, ma douceur était perçue comme dépendante de leur effondrement moral. Ils se disaient que plus ils s'amélioreraient, moins ils en recevraient. Un vrai piège. Les dépressions devenaient chroniques à mon contact. Je n'étais pas professionnel.

Mon nouveau mentor était plutôt sec avec les désespérés des urgences. Moussa et son silence m'avaient gêné au début. Avec lui, je rêvais d'invisibilité. Il entrait brusquement dans la pièce, se plantait devant le déprimé et d'un ton impatient laissait tomber un « Alors ? ». L'entretien commençait donc toujours mal.

Le plus souvent, le patient, en fonction de sa force de caractère, nous demandait de sortir de sa chambre ou bien sortait lui-même. Les choses pouvaient s'arrêter là. Mais s'il acceptait notre présence et entrait dans un dialogue agressif, qui ne gênait pas du tout mon professeur, nous devenions utiles. Il établissait une relation d'égal à égal, sans dépendance. La conversation était houleuse, mais il n'y avait pas de rapport de force. Il expliquait le rôle que nous avions, le bon de sortie, la prévention des récidives. Il finissait par un rugueux « Je le signe ce bon de sortie ou pas ? Moi ça m'est égal ». Il allait peut être un peu loin dans la « non-consolation », mais il affrontait toujours la personne jusqu'au bout, même sous les insultes. J'avais régulièrement envie de lui suggérer une retraite, qui, si cela n'avait tenu qu'à moi, aurait été battue depuis longtemps. Mais peu à peu, l'ambiance pouvait changer, s'adoucir. Le patient prenait conscience qu'il y avait de l'intérêt pour lui dans tout cela, du vrai. Pas ce vernis d'intérêt que l'on rencontre si souvent en médecine, mais une volonté d'apporter quelque chose de durable, un engagement. C'était difficile ce qu'il faisait, cela demandait du courage et de la finesse. J'étais incapable de conduire un entretien avec autant de franchise. Je n'abandonnais jamais mon avantage de médecin face au malade, je ne me mélangeais pas. On devait sentir à mon contact que ma participation était limitée à l'espace et au temps de l'hôpital, que mon altruisme restait au vestiaire, le soir, avec ma blouse.

A l'extérieur, il travaillait avec des associations qui recevaient les alcooliques, les drogués, les dépressifs. Ils avaient son numéro de téléphone. Il les voyait le week-end, la nuit.

Je l'ai vu consulter un jour dans la rue, avec une vieille cigarette roulée au bec, sa bouteille d'eau minérale aux trois quarts vide.

Il ne m'a pas reconnu.

Ces six mois passèrent beaucoup trop vite. C'était trop tard pour moi la psychiatrie, mais je l'ai regrettée. Mon patron désespéra de me faire écrire une ligne de ce grand article sur les personnalités pathologiques. J'arrivais péniblement entre deux cafés à rédiger un projet de thèse. Je me sentais proche de mon degré de saturation littéraire. J'expliquai qu'il me fallait un délai de préparation pour le rassemblement des dossiers et que l'aide d'un jeune interne moins occupé pourrait peut-être devenir déterminante.

Je suggérai l'incontournable Bayard, qui avait comme autre trait de caractère de ne jamais pouvoir dire non à la demande d'un patron, fût-elle aux antipodes de ses compétences. Il se chargea donc de la rédaction de l'ensemble de l'article et des recherches qui allaient avec.

Je préférais partager, quant à moi, les conversations pleines d'enseignement de cette grande figure de la psychiatrie qui m'avait reçu dans son service, comme un invité pour six mois.

L'étude des personnalités était sa passion. Il ne cessait pas d'affiner la définition des traits paranoïaques, psychopathiques, hystériques, en des rapports successifs, farcis de critères, qu'il envoyait au ministère de la Santé dont il était l'expert reconnu. Il appartenait à cette génération de psychiatres obsédés par la nosologie, science aristotélicienne qui consistait à décrire, classer, lister, numéroter tous les symptômes des affections de l'esprit, afin de clarifier les choses pour une minorité d'initiés et de les obscurcir pour le reste du monde.

Il passait son temps à réviser les classifications internationales des maladies, « les CIM ». Il terminait la dixième.

Tout était une question de nuance, l'attaque de panique, classée dans la catégorie F4 des troubles anxieux liés à des facteurs de stress, était extrêmement fréquente dans les dépressions, elles-mêmes classées dans la catégorie F3 des troubles de l'humeur, d'où la nécessité des révisions pour établir des sous-catégories et ajouter des alinéas. Le patron m'avait demandé de mémoriser la dernière classification et pour m'entraîner me parlait de F40 1 pour les phobies sociales, me demandait des nouvelles du F44 1, schizophrène fugueur très dissocié que j'avais croisé aux urgences, et de la F30 0, patiente hypomaniaque hospitalisée en médecine.

Le dialogue n'était donc pas toujours très fluide entre nous et me conduisait à établir une relation de dépendance pathologique avec la liste de la dernière CIM qui ne quittait jamais la poche de ma blouse. Je devenais un spécialiste du diagnostic de la personnalité morbide, ce qui est très utile pour juger plus techniquement les réactions des membres de sa famille ou de ses amis intimes.

Je me suis retrouvé du jour au lendemain entouré d'une foule de paranoïaques en liberté, d'hystériques, de psychasthéniques et de très peu de gens normaux.

En dehors des classifications, il m'apprit quand même à reconnaître les maladies psychiatriques sur le vivant. Les TS n'étaient pas les seules urgences sous ma dépendance. Les délires, les crises d'angoisse, les conversions hystériques étaient aussi de ma compétence apparente. J'ai vraiment pris conscience à ce moment que les fous étaient dans la rue. Je n'imaginais pas la gravité de l'état des gens qui se présentaient souvent d'eux-mêmes aux urgences et qu'on laissait sortir, avec un hypothétique rendez-vous de consultation.

J'ai vu un délirant dissocié en liberté se précipiter sur moi. Un grand schizophrène, en plein délire dysmorphophobique, plein d'idées de transformation corporelle. Cela ne m'aidait pas du tout de connaître ces mots techniques devant ce grand et très large individu qui me regardait d'un air bizarre. Je ne me sentais pas protégé.

Je m'étais souvent amusé avec les histoires de psychiatres assassinés par leurs psychotiques. Je me rendais compte qu'on se moquait beaucoup trop des choses sinistres. J'espérais pour moi-même une autre épitaphe que les ricanements des salles de garde. L'humour est une plaie. Il vous abandonne dans une solitude forte de la rancune de tous ceux que vous avez raillés. J'entendais les blagues de mes collègues. Je savais qu'ils espéraient que ma situation s'aggrave et devienne encore plus désespérée, puisque les drames alimentaient leur rire. Je regrettais les médecins lugubres qui nous reprochaient notre légèreté et que nous traitions mal. J'aurais été rassuré de sentir que quelques personnes prenaient ma fin prochaine sans dérision, que quelqu'un allait souffrir gentiment pour moi, avec gravité, sans m'utiliser comme du combustible.

J'essayai prudemment d'ouvrir l'entretien, mais le malade était récalcitrant. Il avait l'impression que son visage fondait comme de la cire et que tous ceux qui l'approchaient étaient des soleils.

Ma main que j'avais inconsciemment approchée de la sienne lui fit l'effet d'une braise et il hurla en se tordant de douleur. Je restai donc à l'écart. Il se cachait sous les meubles pour chercher l'ombre. Je ne savais pas quoi faire. Je repassais dans ma mémoire la liste des conduites à tenir devant l'urgence, les classes thérapeutiques utiles dans une telle situation. Le patient s'agitait de plus en plus, et mes idées évoluaient dans le rythme inverse, se figeant une à une, en paralysie progressive. Je décidai d'éteindre la lumière, ce qui le calma un peu, et d'attendre du secours, le plus dignement possible. Je le regardais gémir par terre, les mains protégeant son visage, le corps convulsé. Je pensais à ces gestes de destruction spectaculaire qui se rencontrent dans ces pathologies, ces hommes et ces femmes qui s'éventrent, se pendent, se jettent sous les trains. On ne pouvait pas supporter cette angoisse. Il fallait en finir avec elle, immédiatement, en s'arrachant de la vie, par n'importe quel moyen.

On vint lui faire une injection de neuroleptique et il se reposa jusqu'au lendemain. Le matin, il était sur pied et sociable.

On signa son bon de sortie comme toujours.

L'hospitalisation d'un malade psychiatrique est difficile en l'absence d'acte agressif caractérisé. Il y a toute une procédure à respecter qui complique les choses. On vit dans le traumatisme des internements arbitraires. Les structures adaptées sont rares et personne n'est formel sur l'indication de l'internement des psychotiques « calmes ».

Je compris ce jour-là qu'il y avait dans les rues des gens extrêmement dangereux pour eux-mêmes et très probablement pour moi. Des schizophrènes, des paranoïaques, prêts à décompenser et à bondir, frères de tous ces hommes inquiétants dont j'avais signé les bons de sortie. Depuis, je respecte, à l'extérieur, une règle de prudence extrêmement stricte, que mes proches jugent excessive. Les inconscients.

Pour la première fois, je quittai avec émotion un service hospitalier. Le patron me reçut dans son bureau pour un dernier « Tout va bien ? » qui me serra le cœur. Il me conseilla de bien analyser la personnalité de mes malades, me promit que je pourrais participer avec lui à l'exploration d'un véritable continent médical inconnu, le nouveau monde psychique de toutes les maladies. Il me remit un mémoire démontrant que les personnalités à tendance paranoïaque étaient exposées aux complications cardio-vasculaires, à l'inverse des psychasthéniques plutôt promises aux cancers. Dans sa liste, chacun de nous retrouvait un programme de catastrophes assez spécifiques. Il y avait de la fantaisie dans tout cela et de la vérité aussi, à l'image de son service et de ses médecins. Il m'en a donné, de la réserve de fantaisie, pour mon retour à la médecine. Cela n'a pas suffi.

« La médecine est un voyage
Dans l'hiver et dans la nuit
Nous cherchons notre passage... »

J'ai voyagé en médecine. Les hôpitaux sont des pays, chaque service a sa langue et ses frontières, ses monuments à visiter, ses rencontres. J'avais pourtant l'âme casanière. Je quittais Paris sans plaisir et la France avec angoisse. Ma femme me tirait, l'été, vers les aéroports, jusqu'aux griffes d'un avion où ma phobie se dépensait en sueurs et en nausées. L'arrivée dans un nouveau service était comparable.

Après le décollage dans le bureau du patron, le premier trou d'air : présentation au personnel. Visages quotidiens imposés pour six mois, infirmières, aides-soignantes, surveillantes, secrétaires, visages composés, sourire de bouches mais méfiance dans les regards. Second trou d'air : visite de la salle, rencontre avec les chambres, les odeurs, les sons. Descente dans la soute de l'hôpital, la blanchisserie pour le choix des blouses. Pile de blouses à mon nom, temps matérialisé par les blouses, semaines de blouses, mois blancs.

Plus tard, le pire moment du voyage, l'atterrissage, mains clouées aux accoudoirs, sueur dans les yeux : la liste de garde, dimanches à répartir, jours fériés, Noël à l'hôpital...

J'ai demandé un jour à Pierre Ferré pourquoi il avait choisi la médecine. Il m'a répondu très simplement : « Pour les autres. » Je n'y avais jamais pensé. Je lui ai demandé de préciser les choses : « Pour rendre service aux autres ? » Il a répété : « Non, pour les autres. » On m'avait éduqué dans l'idée qu'un métier devait être utile. Les autres, c'était le drapeau que ma famille agitait toujours. Je laissais dire. Je n'ai jamais pensé aux autres en entrant en médecine. J'ai pensé à moi. Je pensais m'épanouir dans ce métier. Mon épanouissement était ma vocation.

La vocation pour l'autre à 20 ans, je n'y crois pas. Plus tard peut-être, sur la fin, par prudence, par crainte, par lassitude de soi. Les jeunes à vocation sont vieux. Je n'ai jamais pu supporter les saints en médecine, les fanatiques de l'autre, les pèlerins du dévouement. Ça ne leur suffit pas de traiter les malades, ils cherchent à aider leur prochain. Ils cherchent jusqu'au bout, en s'agitant, sans trouver grand-chose, parce qu'en réalité, ils ne sont pas compatissants. S'ils l'étaient, ils resteraient à leur place. L'individu en chair et en os les intéresse moins que l'homme transfiguré. Ils préfèrent le rythme effréné de leur grand altruisme aux pauses sur un ou deux malades enterrés quelque part. Ce sont ces pauses qui sauvent la médecine de son atrocité. C'est le seul don qu'elle nous fait. Après nous avoir guidés auprès de ses victimes, elle ne nous les reprend pas. Elle nous les laisse, au cœur, pour compatir, plus tard, malgré notre âge.

Pierre Ferré y était allé pour les autres en médecine. Je ne comprenais pas ce qu'il voulait dire. Il était laïc comme moi. Il ne ressemblait pas du tout aux religieux de la profession. Il m'a dit de lire *Tralala*, une nouvelle de Selby qui raconte l'histoire d'une prostituée qui a la vocation des autres. Tout le monde en profite et de plus en plus méchamment au fil des pages, mais elle préfère les autres, le pire des autres, à sa solitude. Elle termine très mal, mais accompagnée encore jusqu'au bout par ceux qui la tuent.

Pierre Ferré y était allé pour les autres en médecine, comme Tralala.

Un poste de chef de clinique m'attendait en neurologie chez le professeur Diset. Il me restait à valider un dernier stage et surtout à finir ma thèse. Mon patron avait proposé un vaste sujet d'étude épidémiologique sur les polynévrites du sujet âgé, qui me condamnait à analyser plus d'une centaine de dossiers, grande œuvre qui ne cadrait pas avec mon projet de thèse minimaliste. Je n'avais pas envisagé de consacrer plus d'un mois à sa rédaction et c'était un message que je tenais à faire passer, avec subtilité.

Il y avait deux écoles sur le plan stratégique, soit le choix d'un sujet extrêmement technique dont le caractère hermétique vous protégeait de toute investigation patronale et des questions pièges lors de la soutenance, soit l'étude d'une maladie exceptionnelle rapportée une ou deux fois dans la littérature qui réduisait à néant le travail de recherche bibliographique mais vous contraignait à des développements littéraires dont il fallait être capable pour atteindre le nombre de pages imposées, remerciements non inclus.

Je proposai donc aussitôt à mon patron deux cas d'adrénomyéloneuropathie sans insuffisance surrénale qui le laissèrent de marbre. La menace des cent dossiers de polynévrites du vieillard stimulant mon imagination, je suggérai un cas d'échinococcose médullaire à forme kystique, une forme exceptionnelle de migraine hémiplégique à bascule, une encéphalite toxoplasmique révélée par une somnolence excessive... En vain.

Il restait arc-bouté à ses polynévrites et le temps passait. Pas de thèse, pas de clinicat. Je risquai un projet sur mademoiselle Blanche et les rapports non élucidés entre faradisation et épilepsie, assez fraîchement accueilli. Je fus sauvé par Vadas, que Diset appréciait et qui travaillait alors sur la chirurgie des paralysies faciales. Il expérimentait une technique de suture du nerf facial lésé sur un nerf normalement destiné à commander la motricité linguale. Le patient retrouvait un sourire symétrique une fois sur dix, au prix d'une atrophie définitive de sa langue. Rien de tout cela n'intéressait Diset, mais devant l'insistance de Vadas qui représentait le service de neurochirurgie, utile au recrutement de la neurologie, et ma résistance aux polynévrites, il céda sur cinq cas de paralysies faciales périphériques traitées selon une nouvelle technique chirurgicale que je laissais à Vadas le soin de développer à sa guise.

La rédaction de cette thèse me permit de rencontrer un vrai médecin, dont je n'ai pas assez subi l'influence. C'était un ORL du nom de Dousigny qui fournissait à Vadas les paralysies faciales à opérer. Il avait gravi tous les échelons de la hiérarchie après un parcours hospitalier semé d'indécisions. Il avait commencé un internat en psychiatrie, puis vécu la révélation inverse de celle de Moussa, en rencontrant la chirurgie. Il avait tout abandonné pour elle, revenant à la case départ de son internat, à la conquête du monde des orifices faciaux. Il vivait pour la chirurgie, seul avec elle, sans femme, sans enfant, dormant souvent à l'hôpital, s'épanouissant au bloc opératoire.

Tout nous séparait. Seule une lumière non médicale pouvait éclairer notre rencontre. Elle s'alluma lorsque je remarquai sur son bureau, à l'emplacement normalement occupé par les portraits de famille, la photo d'un superbe papillon bleu, qu'il me présenta comme un spécimen rare d'Uranie malgache. Ce furent donc les insectes qui nous rapprochèrent, sa seconde passion, que je ne partageais pas violemment, mais qui m'intéressait comme à peu près tout ce qui ne concernait pas la médecine.

Il les avait découverts grâce à la chirurgie, aux urgences ORL de Lariboisière. Une des spécialités de l'endroit était l'extraction des cafards introduits dans l'oreille, révélation traumatisante qui m'avait été cachée jusqu'alors, mais qui, selon Dousigny, semblait être d'une effroyable banalité. Les cafards raffolaient du conduit auditif externe, le nec plus ultra du nid. L'histoire clinique était univoque. Le cafard pénétrait la nuit dans l'oreille endormie, y pondait ses œufs en se frottant les pattes sur le tympan du malheureux rêveur qui se réveillait brutalement, essayait à coup de coton-tige ou d'eau de libérer son oreille habitée, ce qui aggravait les choses. La pauvre bête se blottissait contre la paroi tympanique et la griffait avec ardeur pour trouver une issue.

En Afrique, au siècle dernier, on versait de la cire brûlante dans le conduit du malheureux qui perdait l'oreille mais pas la raison, car la folie du cafard ou du scarabée intérieur était fréquente et furieuse.

A force de retirer des insectes de l'oreille des patients, Dousigny s'était pris d'affection pour eux. Il s'était inscrit à un diplôme d'entomologie à la faculté des sciences et devenait intarissable dès que la conversation rattrapait les pattes des araignées ou la carapace des coléoptères. Son érudition m'impressionnait et je n'interrompais jamais ses développements zoologiques qui occupaient la partie essentielle de nos réunions autour des dossiers de paralysies faciales. J'améliorais grâce à lui mes connaissances sur la vie de nos lointains parents, Dousigny les tenant pour nos ancêtres indiscutables, évidence que j'acceptais sans rechigner, n'ayant pas d'opinion tranchée sur le sujet.

C'était un être déconcertant. Il avait une affection profonde pour ses malades. Ce point était d'autant plus remarquable qu'ils ne la lui rendaient qu'avec parcimonie. Il s'était spécialisé dans une chirurgie peu gratifiante, la réparation des délabrements faciaux après intervention sur cancer ou irradiation. Il était toujours plus satisfait de ses résultats que le patient, mais sincèrement, sans mauvaise foi.

Il cherchait essentiellement la symétrie. L'esthétique n'était pas son but premier. A mon avis, il lui arrivait même de la sacrifier à la symétrie, n'hésitant pas à s'attaquer au côté non atteint du visage, pour rétablir un équilibre.

Il était lui-même d'une apparence étonnamment ingrate, tout petit, les cheveux plantés en brosse sur un visage rond, avec de gros yeux qui s'agitaient en permanence derrière des lunettes épaisses.

Il avait un rapport particulier avec le beau. Il ne le saisissait pas naturellement. Il vivait avec des monstres, tous les jours de sa vie. Il baignait dans l'horreur avec une bonne humeur que je lui jalousais. Je n'arrivais pas à comprendre comment on pouvait atteindre ce point d'imperméabilité. Je devais traverser son service pour consulter mes dossiers. Un musée de l'épouvante. Je retrouvais mes peurs d'enfants dans les foires. Les gueules cassées jaillissaient des chambres, comme des morts vivants dans la nuit, indescriptibles. Visages aux trous béants, flaques de pus coulant des redons, nœuds d'os et de muscles écorchés... Le vestibule de l'enfer.

Dousigny passait de l'un à l'autre, en les examinant de près, s'attardant sur eux, sans répugnance, le regard couvrant les plaies comme une compresse, sa très profonde myopie l'obligeant à se coller contre les peaux. Il donnait l'impression de flairer ses patients. C'était effrayant de le voir contre ces joues purulentes, penché pour un interminable baiser.

Il était gai. J'étais très désireux de découvrir le secret de son indifférence à l'horreur. Il la percevait, mais ne l'analysait pas normalement. J'avais rencontré de nombreuses formes de troubles de la reconnaissance dans les services de neurologie, parmi les déments et les vasculaires, des agnosies visuelles où le patient regarde un objet courant avec perplexité, ne pouvant l'identifier qu'après l'avoir touché, agnosies des visages des aveugles voyants, où l'être le plus cher n'est pas reconnu sans l'aide de sa voix.

L'agnosie de l'horreur était une curiosité médicale, non décrite.

Je venais plus souvent que nécessaire, en espérant beaucoup de son enseignement. Je progressais peu. Les jours passant, ses malades me tournaient toujours autant le cœur. Je trouvais que les choses avaient même plutôt tendance à s'aggraver avec le temps. Ils venaient me rendre visite, la nuit, régulièrement, en d'épouvantables cauchemars qui me laissaient exsangue au bord de mon lit.

Dousigny dormait lui, j'en étais sûr, paisiblement. Les monstres ne le réveillaient pas. Ils le bordaient, veillaient sur lui, faisaient fuir les mauvais rêves.

J'essayais sincèrement de devenir moins sensible à tout cela. Je sentais que je touchais le fond du problème entre la médecine et moi, ma tendance absorbante, mon côté noir. Dousigny était blanc. Il n'absorbait pas, il réfléchissait les rayons. Il fallait s'éclaircir dans ce métier. J'étais sombre. La blancheur de Dousigny était inaccessible.

A l'époque, je ne comprenais pas pourquoi. J'ai trouvé des réponses. Il avait une passion exclusive pour la médecine. Il consacrait tout son temps et son énergie aux malades. Il ne gardait rien pour lui. En dehors des insectes, il n'y avait personne dans sa vie, rien pour qui que ce soit, pas d'autre ambition que d'aider les monstres. C'est cela qu'il avait et que je n'avais pas, cette obsession qui permettait de vivre la médecine sans s'assombrir, blanc comme sa blouse.

Qu'importait de savoir sur quoi se fondait sa névrose, dans quelle terre glauque et pleine de corps décomposés avait poussé sa fleur altruiste. Elle en faisait un bon médecin, qui allait sortir propre de la médecine, après lui avoir donné le meilleur de lui-même.

Je ne donnais pas tout à la médecine, et loin de là. J'aurais pu apprendre plus, m'engager plus. La racine de ma morbide culpabilité pour mes erreurs professionnelles était là. Je n'avais pas investi toute ma volonté, toute ma mémoire, tous mes désirs, tout mon temps. Dousigny l'avait fait. Il acceptait d'ailleurs très bien ses propres erreurs. Quand une plastie d'un muscle nécrosait, il ne s'en voulait pas. Il ne trouvait pas un petit espace de temps dans son passé, volé à l'apprentissage de cette technique chirurgicale, pas le moindre espace de distraction où sa culpabilité pouvait habiter.

Chez moi, elle avait des étendues entières à coloniser, des pays, des éternités. La nécrose avait de la place pour s'étendre, se développer dans ces grandes surfaces vides de médecine, pleines de lectures, d'images, de jeux, de projets. Je n'avais pas encore compris qu'on ne pouvait pas être heureux en médecine avec de l'espace. Sans partage, on pouvait accueillir les monstres, vivre avec, dormir avec, ils ne vous faisaient aucun mal. Ils finissaient même par s'en aller.

Moi, j'en étais rempli de monstres, une vraie parade. Ils s'ébattaient en toute liberté dans ces territoires sans médecine que je ne pouvais pas défendre. Ils étaient conquérants. Pourtant je m'étais préparé. J'avais cru avoir fait ce qu'il fallait pour me protéger. J'avais appris des choses utiles. Je m'étais cultivé. J'avais lu des livres, des textes spirituels, des auteurs difficiles. J'étais prêt à soutenir un siège, nourri de la pensée des autres, des consolations des philosophes et des moines. Elles ne me servaient à rien contre les monstres. Ils traversaient mes livres, comme des murs de papier. Quelque chose en moi retenait les nécroses, les patients morts ou paralysés par ma faute. Ils ne passaient pas leur chemin. Ils rattrapaient de la durée, ce qui était justice. J'étais jeune. Ils allaient avoir du temps pour se promener dans ma mémoire à leur guise, pour s'ébattre, libres, sereins, sans prédateur.

La médecine se vengeait comme cela de mon mépris, de cette petite cellule que j'avais refermée sur elle, en pensant la laisser dans un coin, pour l'oubli. Elle m'envoyait ses créatures. Elles regagnaient le terrain perdu, l'espace que je lui avais refusé. Je n'avais pas mesuré la force de sa magie noire, beaucoup plus puissante que mes désirs. Il aurait fallu la brûler vite, comme une sorcière, avant que ses mauvais sorts ne me désenchantent.

Dousigny, lui, voyait les choses différemment, positivement. Je lui avais raconté ma vision de la médecine, ces malades que je conduisais au bûcher comme des templiers et dont les malédictions me réveillaient la nuit. Il trouvait le parallèle un peu exagéré, mais il m'écoutait avec douceur. Il avait cette formation de psychiatre, qui sert tant dans la vie. Il essayait de me valoriser, en soulignant mes succès et les siens. Il insistait sur le fait qu'il y avait des malades qui réchappaient de nos soins. Ma consultation d'erreurs médicales devait bien accueillir quelques rescapés, quelques chanceux qui avaient traversé, sans encombre, mon champ de mines. Pour lui, je noircissais la situation.

Pour me convaincre, il me montrait des exemples de services rendus, des photos qu'il collectionnait dans un tiroir, de beaux lambeaux cutanés tirés pour rire, sur des mâchoires trouées de rayons, des larynx tout neufs dans des gorges lardées de cicatrices, des poèmes de tissus roses sur fond de croûtes, des danses de cartilages sur peau bourgeonnante, des printemps.

Il ne me rendait pas service. A chaque photo, j'approuvais d'un signe de tête pour le féliciter, mais je déformais son message. Je me disais qu'il exhibait l'image exacte de mes réussites médicales. J'avais fait des diagnostics utiles, des anévrismes avant rupture, des tumeurs avant compression. Il y avait quelques patients qui me devaient de la gratitude, mais Dousigny me révélait le vrai visage de mes succès. Ils avaient la tête des siens, des monstres moins monstrueux, des gueules cassées moins cassées qui n'équilibraient pas mes pertes.

Il ne voyait plus les visages comme ils étaient. Il ne saisissait que leur métamorphose, l'empreinte de son art sur eux, qui était leur beauté. Moi, je ne retenais que l'horreur, maintenue dans l'ombre, moins apparente, mais éclairée par mon regard. Les photos de mes malades ne la montraient pas, mais je n'avais pas besoin d'image pour me la représenter, bien immonde, tapie dans les moelles épinières ou les cortex, détruisant les cellules nerveuses, les défigurant atrocement, rassemblant ses forces pour plus tard.

A travers le filtre des clichés de Dousigny, j'analysais mes guérisons, sans triomphalisme, assez humblement, en raccommodeur. Je savais qu'il y avait quelque chose de plus grand derrière, qui progressait en silence, en un mouvement que je ne maîtrisais pas et que j'avais à peine ralenti. Je doutais de tout, dans la gentillesse de Dousigny. Finalement je ne guérissais plus personne. Je réimplantais les méningiomes. Je déligaturais les anévrismes. J'avais des idées de maladies invisibles, que personne ne pouvait soigner, que le médecin aggravait, des tumeurs virtuelles, inaccessibles, dont on ne traitait que le reflet. La médecine était une caverne, les maladies des ombres dansantes sur le mur, la guérison, un mythe.

Grâce à Dousigny, j'avais non seulement touché l'horreur de la médecine dans mes échecs, mais également dans mes succès. J'avais perdu mon droit à la consolation

Je le remerciais quand même de son aide en le quittant. Ma thèse était écrite.

Pour me prouver son amitié, il m'offrit un livre très complet sur l'anatomie des papillons, un bon choix, puisqu'ils étaient tout ce que la médecine n'était pas : légers, délicats, pacifiques.

J'hésitais sur l'orientation de mon dernier stage.

Un service de médecine interne ou de rhumatologie était assez souhaitable pour compléter une formation neurologique, mais il était écrit que mon internat ne se laisserait pas abandonner aussi docilement.

Si l'on compare la carrière hospitalière à une corrida, conduisant à l'exécution de l'acteur principal, je pense que l'internat pourrait être le temps des picadors. Le but est d'affaiblir suffisamment le taureau, à coups de saignées successives, afin que sa tête s'abaisse d'épuisement et ouvre la fenêtre de son cœur à l'épée du torero.

Ma tête avait été relevée par mon passage en psychiatrie et, par une perversité que je n'arrive pas encore aujourd'hui à comprendre, je décidai de moi-même, sans aucune influence extérieure, d'aller droit à la pique, en choisissant un stage de réanimation.

Je m'étais réveillé le matin du choix en me disant que le clinicat était un passage à l'âge adulte. J'allais être confronté à des situations bien pires que celles que j'avais affrontées lors des gardes, où je n'aurais droit de demander l'aide de personne et où ma crédibilité auprès de mes futurs internes allait dépendre de ma conduite au feu de l'urgence. On traitait les phobies par l'immersion. Le claustrophobe était enfermé dans un placard, le vipérophobe dans un reptilarium, ma phobie de l'action avait donc sa place en réanimation.

Tout était funeste dans cette analyse. Il y avait de la surestimation de soi, de la négligence pour mes futures victimes, une mauvaise conscience du temps, le vieil ennemi, qui venait encore me piéger, en perturbant ma perception des six mois à venir, les faisant voyager dans mon esprit à la vitesse de la lumière, si vite, que je commençai mon premier jour de stage, comme un dernier, parfaitement serein.

Dans ma logique de l'immersion, j'avais choisi les grands fonds, des abysses, où je pouvais noyer ma peur de l'urgence, sans déranger personne. Mon choix s'était arrêté, à la stupeur de mes proches et finalement de moi-même, sur une réanimation polyvalente dont j'avais entendu dire le plus grand bien, qui recueillait les complications des chirurgies cardiaques lourdes.

« Avant d'entrer dans ma cellule
Il a fallu me mettre nu
Et quelle voix sinistre ulule
Guillaume qu'es-tu devenu ? »

Apollinaire fut mon premier compagnon de stage. Je découvris le premier jour que j'aurais à me déshabiller chaque matin de ma vie, pour enfiler l'uniforme du forçat réanimateur, un pyjama bleu ouvert à tout vent qui promettait à ma frilosité constitutionnelle une quotidienne punition. Le rhume fut donc mon deuxième compagnon, fidèle, durant les six plus longs mois de ma carrière.

Le temps s'était installé pour durer. Il prenait ses aises, ostensiblement décidé à me faire sentir le passage de chacune de ses minutes, tenant à les faire baptiser, une à une, à la sueur de mon angoisse. J'avais réclamé l'immersion. J'étais servi.

Il y avait dans ce service une synthèse de tout ce que je détestais en médecine, des gardes fréquentes, des pathologies immenses, des gestes dangereux à réaliser, des responsabilités non transmissibles. Il y avait aussi beaucoup d'infirmières, vraiment nombreuses, compétentes et conscientes de leur importance. J'ai consolidé mon antipathie là-bas, très fermement. Pourtant, je n'avais pas encore fait le tour complet de la question. J'étais assez défendu contre elles, mais prêt à m'ouvrir, à faire une autocritique. Je n'avais pas encore atteint ce point de non-retour que j'ai dépassé depuis, après ma rencontre avec la pire des infirmières : l'infirmier.

Car ils étaient nombreux aussi, les infirmiers, appelés en renfort pour en découdre. Le premier que je saluai me détesta immédiatement, à l'instinct. A ma tête de grelottant, égaré dans son grand nord, il me jugea d'emblée perdu et encombrant. Je ne devais pas survivre à son climat. Il décida donc d'accélérer mon agonie, pour abréger mes souffrances.

C'était un grand brun, musculeux, aux avant-bras poilus qu'il montrait ostensiblement et qu'aucune chair de poule n'osait hérisser. Rien de glabre chez ce barbu viril et hyperthermique qui prenait un malin plaisir à baisser la climatisation pour avoir ma peau. Le froid, prétendait-il, était justifié médicalement pour la prévention des infections. Compte tenu de ma mauvaise tolérance à l'ambiance polaire, je crois qu'il m'assimilait à une bactérie.

Je n'ai jamais rencontré un personnage aussi détestable. Il s'appelait René. Les réanimateurs lui avaient demandé de me dégrossir. Il me tenait donc dans sa main pendant une poignée de semaines. Je n'étais pas en position de lutter. L'homme avait quinze ans de réanimation derrière lui et connaissait mieux que personne le fonctionnement des machines. J'étais la victime parfaite, soumise et corvéable à merci. Il voulut me démontrer dès la première heure la dépendance absolue qu'il entendait établir entre nous. Il me fit d'abord faire le tour du lieu, en propriétaire. Six chambres blanches, livides, où six malheureux opérés cardiaques au thorax infecté hésitaient entre la vie et la mort, plutôt tentés par la seconde destination.

La médiastinite, complication infectieuse la plus redoutable de cette chirurgie, inondait le thorax de pus et, hors de ces réanimations hautement spécialisées, vous accompagnait toujours dans l'autre monde.

Le traitement essentiel, en dehors de l'antibiothérapie, était d'ouvrir le sternum, de haut en bas, pour une mise à plat du thorax, gigantesque abcès. On « hara-kirisait » donc le patient par le haut, pour le laisser poitrine ouverte, parfois pendant des mois, le cœur à l'air libre, planche d'anatomie vivante particulièrement traumatisante pour un regard non averti. René dégusta comme une friandise la pâleur de mon front et le vacillement mal maîtrisé de mon corps, puis me commanda un gaz du sang qu'il jugea dans mes compétences. Je piquai l'artère entre les compresses et les cathéters, sans le voir quitter la pièce.

La douleur ne laissa pas le patient indifférent. Son rythme respiratoire et cardiaque augmenta brutalement. René ayant réglé au plus serré les alarmes de la machine, celle-ci se mit à hurler sur tous ses modes.

Je restai absolument tétanisé. Des lumières clignotaient partout. Il y avait des variateurs, des boutons, des interrupteurs, des écrans, un tableau aussi rassurant que celui des cabines de pilotage quand vous le contemplez par-dessus l'épaule du pilote. J'observais le visage du patient, en haut de son atroce jabot rouge, encore coloré et sec. La révolte du respirateur allait monter doucement vers lui, en sueur et en pâleur, calmement, dans le demi-coma médicamenteux nécessaire à la survie psychique des infectés au thorax ouvert.

L'infirmier revint dans la pièce, avec l'air d'attendre mes suggestions. Je ne faisais plus attention à lui. Je comptais mentalement le nombre de minutes que pouvaient contenir les cent quatre-vingts jours de mon stage.

René ne me fit pas tellement de mal, à dire vrai. Sa perversité était trop grossière. Le piège des alarmes était facile à contourner. Il suffisait de sortir de la pièce et de le laisser avec ses machines emballées. Il finissait par les arrêter lui-même, au bout du compte.

Je me suis demandé pourquoi les infirmiers aggravaient tous les traits négatifs des infirmières. Ils avaient, comme elles, une vision amère de leur métier, dévalorisé par l'idée d'une certaine forme de servilité implicite. Ils raisonnaient sur la base d'un rapport de force, sur des idées de hiérarchie sociale dont l'effet principal était de les rabaisser.

Ils ne souhaitaient pas prendre notre place. Ils n'acceptaient tout simplement pas un système qu'ils jugeaient féodal. Ils complotaient comme des petits révolutionnaires, assez peureux, avec des privilèges à défendre. Le caractère masculin ajoutait de la lourdeur à tout cela, une menace physique, des parades de coq qui empoisonnaient l'atmosphère. Et puis, il y avait toujours cette discordance particulière aux activités touchant la médecine, une apparence de métier comme les autres, avec des heures, des fonctions, des fiches de paye et, derrière, le contact avec des gens malades, des corps, des expériences en général bien dissociées de la vie professionnelle.

On met du temps à bien comprendre la définition de la médecine. Un métier avec des morts. Il faut travailler avec eux. C'est difficile.

On rencontre beaucoup de gens qui font l'impasse sur cette réalité. Les infirmières et leurs frères arrivent à en faire une activité comme un autre, à vivre l'hôpital comme une grande entreprise, à raisonner en termes de personnel, à organiser des syndicats, des grèves. C'est par l'abandon du sens de la responsabilité qu'ils y parviennent. Les médecins ont bien tort de les imiter aujourd'hui. Ils devraient cultiver la différence.

J'en avais assez.

René n'était pas plus responsable qu'un autre. Je vivais sans lui. J'avais pris la sage décision de ne pas m'éloigner de plus de deux pas de la blouse de mon chef de clinique. Je le suivais comme une ombre, plus exactement comme une de ses ombres. Ma collègue interne, jeune cardiologue enceinte, assez rusée pour avoir fait coïncider sa grossesse avec son stage de réanimation, pour elle obligatoire mais raccourci par le congé périnatal, le serrait aussi de près.

J'appris à faire des choses dangereuses et tout à fait inutiles pour la suite de ma carrière : poser des voies, cathétériser, intuber.

J'ai eu mon lot d'artères ratées, d'hématomes compressifs sur des jugulaires mal abordées, de trachéotomies sanglantes. J'ai monté des sondes intracardiaques qu'il fallait guider sous scope, d'une cavité à l'autre, en formant des boucles. J'ai entortillé les fils, fait des nœuds dans les oreillettes, déclenché des troubles du rythme inappareillables. J'ai fait subir mille tortures à des malades qui ne m'avaient rien fait. J'ai jonglé avec leur cœur, leurs reins, leurs poumons. J'ai connu d'effroyables intubations à l'aveugle, dans les vomissements et les convulsions, la sonde ratant la trachée, oxygénant l'œsophage. Médecin ivre, « J'ai vu le soleil bas, taché d'horreurs mystiques illuminant de longs figements violets... ».

Finalement je n'ai plus ressenti d'angoisse. J'étais fatigué. J'en ai accumulé là-bas, de cette fatigue particulière qui ne s'atténue pas. Elle vient après l'épuisement d'une réserve de fraîcheur, qui n'était pas faite pour être consommée trop tôt. La médecine ne l'assèche pas. Elle empoisonne le puits pour le rendre inutilisable. Tout le monde a pourtant droit à cette réserve contre le temps, à ce repos. J'étais jeune et déjà vide. La médecine partage la vieillesse en une moitié précoce pour l'âme, jumelle de l'autre, plus tardive, pour le corps, avec la même force d'usure. L'inutile vigueur physique est respectée. Les articulations restent souples, le cœur peut battre cent ans. La fatigue se moque de son support. Elle le néglige. Elle n'a pas besoin d'enraidir les hanches, de faire baisser la vue et l'ouïe, de créer mille douleurs. Elle se contente de l'âme, sans la prendre, juste pour l'abîmer. Le reste suit. Lorsque je ressusciterai, avec une âme toute propre et blanche, je dirai moi aussi à la médecine, qui m'approchera comme Marie Madeleine : « Ne me touche pas. »

Un jour, en drainant le thorax d'un patient, j'ai percé l'aorte.

L'infection avait gagné les parois, fragilisant l'artère, la rendant aussi vulnérable qu'une veine. Le sang jaillit comme d'un tuyau d'arrosage, partout dans la pièce, jusqu'au plafond. Je plongeai la main dans la bouillie rouge pour comprimer, dans le chaos des alarmes, des courses et des appels.

Le patient était gris. Je sentais le battement sous mon doigt et la fistule qui menaçait de s'agrandir. J'aspirais le sang qui montait par à-coups dans le thorax. Je comptais les minutes. On en avait annoncé dix avant l'arrivée du chirurgien vasculaire.

Il y avait beaucoup d'agitation autour de moi, des perfusions qui tournaient, des voix qui commandaient. Le réanimateur avait éteint les alarmes. On remplissait le patient en passant des flacons de plasma. Sa vie était au bout de mon doigt, enfin précise, clairement dissociée du reste, avec la forme simple de la fistule. Je n'avais rien d'autre à faire que de maintenir la pression, sans bouger, sans réfléchir, en la tenant de l'index, plutôt légère, nue, en mon pouvoir, effrayante de dépendance.

Il y avait des médecins qui raffolaient de ces moments, qui les savouraient avec un plaisir intense, comme un saut à l'élastique ou une descente de torrent. Moi, je les payais au prix fort.

Ma jeunesse filait, elle aussi, dans le thorax, en hémorragie, invisible, mais massive. Elle se mélangeait au sang. Elle se perdait comme lui, misérablement, dans les tuyaux des aspirateurs.

Je tournais mal. Je me couchais tôt. Je ne voyais plus personne. Je ne racontais plus les histoires que mes proches aimaient entendre, des histoires de médecine drôle, maquillée. Je ne racontais plus rien. Je devenais doucement psychotique avec la réanimation, sous une forme peu productive, non délirante, tendance autiste.

J'avais l'impression que ma vie était devenue volatile et qu'il fallait la protéger, ne pas l'exposer à l'air. Elle me semblait capable de toutes les ruses pour s'échapper, capable de se cacher sous les mots que je prononçais, pour filer avec eux. C'était la raison de mon silence.

On pensait que je faisais de la dépression, mais je n'avais pas perdu mon élan vital, je le protégeais. On prenait ma prudence pour de la tristesse.

Il est vrai que le lundi était un mauvais jour. Je n'avais pas l'hilarité facile devant cette semaine blagueuse qui m'ouvrait ses bras décharnés et couverts de sang. J'étais réservé dans mon enthousiasme et tardif dans ma mise en route du matin. Je mettais du temps à dissocier mon réveil d'un épouvantable cauchemar. Il ne fallait pas m'en vouloir. Je commençais à me demander si le cap général de ma vie avait été bien calculé au départ. Je ne voyais pas l'horizon dégagé. Je ne voyais pas de terre, seulement un océan infini et calme, rassuré sur mon destin d'englouti futur. Ma noyade était écrite, je ne lui échapperais pas. Je pouvais m'agiter, courir de droite à gauche, d'une spécialité à l'autre, d'un hôpital à l'autre, cela ne changeait rien.

Je réfléchissais. Je faisais le point, sans trop d'illusions. Je reprenais l'histoire à son début en me posant deux questions. Pourquoi étais-je incapable de supporter la médecine ? Pourquoi avais-je choisi ce métier ?

J'allais vers des idées simples. Je me disais : on ne supporte pas la médecine parce que la mort des autres renvoie à la nôtre et leurs maladies à celles que l'on redoute pour nous. Identification, projection, angoisse excessive pour sa propre fin. Je pensais à Socrate, qui avait aidé tellement de monde au cours des siècles, mais qui était resté assez inopérant en ce qui me concernait. Sa mort était une leçon. Sa dernière pensée avait été pour la médecine, pour la remercier de lui avoir enfin servi à quelque chose. Socrate voyait la vie comme une grande maladie et la mort comme le grand médecin qui guérissait de la vie. Il demanda qu'on sacrifiât un coq à Esculape. Ce furent ses dernières paroles. Il avait découvert la complicité qui lie la médecine et la mort, ce couple.

Je ne comprenais pas pourquoi la mort me terrorisait à ce point. Elle ne m'avait rien fait. Personne ne disparaissait autour de moi, sauf quelques vieux oncles inconnus qui n'avaient jamais vécu. C'est venu plus tard, bien après le début de mes études. Un jour, tout le monde se met à mourir. C'est très curieux. Les gens sont décimés autour de vous. Vous qui n'étiez entouré que de vivants, vous vous retrouvez au cœur d'un cimetière, avec vos parents, vos amis, les acteurs que vous aimiez, les visages quotidiens... La fin du monde existe, je l'ai rencontrée. Ça descend de partout, tout le temps, et de plus en plus, à mesure que vous avancez. Vous ne quittez plus les tombes. Une épidémie.

La racine de la contagion est facile à trouver. Il suffit de réfléchir au point commun que partagent tous ces morts : vous. C'est vous, ce bacille qui court de l'un à l'autre, cette peste qui n'épargne qu'elle-même. Vous arrivez fatalement à la conclusion que vous y êtes pour quelque chose dans ce massacre. Vous avez touché les morts aimés, d'une façon ou d'une autre, chacun d'eux, sans protection. C'est la marque de votre affection qui désigne les victimes, le trait sur leurs portes... L'ange exterminateur, c'est vous.

Plus vieux, plus sage, on finit par garder son amour pour soi. On commence par le donner avec de plus en plus de méfiance, difficilement, puis plus du tout, pas par égoïsme, au contraire, par peur de faire naître de nouvelles croix. Par altruisme. Par amour.

Je me suis senti trop mortel dans ma vie. Tout vient de là. Et tous ceux qui m'entouraient ont été touchés par cette névrose. J'ai été cerné par des « hyper-mortels ». Il y a ceux qui sont aux antipodes, des éternels, qui gravissent des montagnes dangereuses, qui traversent des océans tout seuls. Je ne les admire pas du tout, je ne les comprends pas. Ce ne sont pas des frères.

Les morts, je les ai rencontrés tôt, dans la salle d'anatomie de la faculté. C'est grand, des escaliers larges, des salles hautes, inchauffables, avec des fenêtres immenses qu'on n'ouvre jamais, des étages déserts, des portes poussiéreuses, des couloirs inutiles. Les étudiants se rassemblent en bas, autour des amphithéâtres et de la bibliothèque. Si vous montez, vous ne rencontrez plus que des professeurs surpris, des gardiens au teint cireux, puis personne.

C'est au cinquième étage. On pénètre dans une salle blanche. Dix paillasses de pierre, placées côte à côte. Les morts sont là. A disposition, nus pour la leçon aux étudiants ou l'entraînement des chirurgiens. On les voit en entier ou par petits bouts. Il y a des bras disséqués, des orbites vides, des oreilles ouvertes. C'est d'une laideur extrême. La lumière des néons est tellement vive dans tous les axes que les ombres ne se forment pas. Tout est balayé par cette lumière. Nos corps sans ombre sont comme ceux des paillasses. L'air est glacial. L'odeur du formol gèle sur la peau et fond avec lenteur. On l'emporte chez soi.

Je n'ai pas aimé ce premier contact avec les morts. Je n'ai pas aimé non plus les vivants face aux morts. Rien n'était vrai dans nos attitudes de futurs médecins, ni l'arrogance des uns, ni l'indifférence des autres. Ni les moqueurs, ni les émus, les vaporeux qui demandaient à sortir. On ne nous commandait aucune attitude particulière et pourtant chacun exhibait la sienne. Les cadavres nous dévoilaient, nous perçaient à jour. C'était difficile de ne pas composer devant eux, de ne pas se trahir. Personne n'était digne finalement, mais à quoi sert la dignité ? Personne n'était simple.

La jeunesse est très vite menacée en médecine, c'est l'entrée du repas.

Vous pensez que sa force vous protégera, qu'elle sera votre abri éternel, mais c'est tout le contraire, elle cède la première, le plus facilement. Les morts sont les dents de la médecine, c'est avec eux qu'elle nous croque. Ils nous mâchent doucement, sans agressivité, en prenant leur temps. Vous pouvez toujours essayer de les éviter, leur expliquer que vous n'avez pas besoin de leur compagnie, vous les rencontrez un jour ou l'autre. Ils s'encordent à votre mémoire, pas d'oubli possible, s'ils tombent, vous tombez avec.

Moi, je n'avais pas souhaité ce rendez-vous avec les morts, mais j'y étais. J'y suis allé, comme les autres, par curiosité, par excitation. Ils nous attirent comme cela. Un cadavre intéresse tout le monde. Personne ne peut dire le contraire. On a tous un ancien souvenir d'éternité, que la mort perturbe dans sa sereine retraite. Pour les hyper-mortels, c'est un conflit intérieur. D'un côté, j'ai une impression de fin imminente, de l'autre un sentiment d'éternité.

J'essaie de trouver des signes sur les morts, des divergences entre nous. Je les examine pour me convaincre que nous n'avons finalement rien en commun. L'âge d'or de l'humanité éternelle, toutes les mythologies en parlent. Les hommes ont le même souvenir, la même confiance en son retour. Les habitants des paillasses ne peuvent rien contre nous, mais ils nous troublent. On ne devrait jamais voir de morts, jamais aller dans les cimetières. Il faudrait les enterrer plus profondément pour qu'on ne les sente pas, voisins, sous nos pieds, à fleur de terre.

Les certificats de décès étaient une des grandes responsabilités que devait assumer le médecin de garde, aussi importante que le geste médical le plus subtil. Personne ne pouvait le remplacer pour apposer la signature au bas du papier. Les infirmières raffolaient de ce coup de téléphone des trois ou quatre heures du matin, qu'elles vous offraient dans les premières minutes de votre sommeil, pour vous annoncer l'urgence décès. Légalement, cela ne pouvait pas attendre l'aube. Il fallait que le papier soit signé en temps réel. Il y avait eu des pétitions pour nous dégager de cette mission, mais nous étions indispensables. L'avis médical était absolument obligatoire, parce qu'il y avait eu des erreurs, des décès constatés qui n'en étaient pas, des cadavres qui se réveillaient plus tard, après la greffe de cornée ou de foie. C'étaient des histoires.

C'est très parlant un mort, vous ne pouvez pas vous tromper. C'est le diagnostic le plus simple. On pourrait presque dire que le métier de médecin serait très reposant avec eux, une spécialité à conseiller aux personnalités anxieuses, comme la dermatologie ou la santé publique.

Je respecte beaucoup le métier de légiste. J'ai toujours trouvé intéressant ce voyage à travers quinze années d'études pour terminer dans une morgue. C'est une métaphore de la vie.

Les légistes ont une terrible et précoce lucidité sur le métier. Ils sont voyants. Ils contournent la médecine. Ce sont les seuls à s'en sortir. Ils ne lui résistent pas comme nous le faisons tous, ils dérivent avec, jamais noyés. Ils appliquent aux morts la science qu'on leur a enseignée pour les vivants. Ils les inspectent, les palpent, les opèrent. Ils sont là pour faire quelque chose avec eux. Qu'on ne s'y trompe pas, la vocation du médecin, c'est celle du légiste. Le choix de la médecine est mortifère. On y va pour les morts, le reste n'est qu'apparence. Les légistes vont jusqu'au bout de la vocation. Ce sont les seuls qui ne mentent pas dans ce métier. Les médecins la maquillent pour faire croire que c'est la vie qui les intéresse, mais c'est faux. Ils défilent dans le grand carnaval des sauveurs de l'humanité souffrante, avec des larmes peintes, des cœurs rouges qui battent comme des grosses caisses, des mains géantes qui s'étreignent, sous les bravos du public, sans qui la fête n'aurait pas lieu. Le légiste n'a pas de public. Il est seul, admirable. Il respecte à la lettre le serment d'Hippocrate. Le vrai médecin, c'est lui.

« Primum non nocere. » Avec les morts, on en est sûr, on ne peut pas aggraver les choses. On peut exercer librement. Toutes les improvisations sont bienvenues et tous les risques peuvent être pris. Ne pas nuire, enfin.

Pour les soins gratuits, également recommandés par le serment, on ne peut pas nous soupçonner d'attendre des bénéfices à long terme de la consultation avec le défunt. La mort garantit l'honnêteté.

Tout cela est un peu terre à terre, mais en réalité les légistes aussi ont des ambitions métaphysiques.

Il y a une phrase essentielle que l'interne de garde doit écrire de sa main sur le certificat : « La mort est réelle et constante. »

Les certificats de décès révèlent peut-être les plus hauts secrets de la médecine. C'est pour cela que nous sommes les seuls à pouvoir les signer, nous, les initiés. Pourquoi a-t-on besoin du médecin pour affirmer que la mort est réelle ? Parce que personne ne croit vraiment à sa réalité, vieux souvenir de l'âge d'or, de notre éternité perdue. Personne n'y croit, c'est la raison pour laquelle il faut l'écrire, pour tuer officiellement le malade, pour l'euthanasier par l'écriture. Votre signature est sa couronne mortuaire. On a besoin de vous, menteur assermenté, pour célébrer le mensonge. Vous êtes chargé de dire tout haut que la mort existe, comme ces crieurs du Moyen Age qui annonçaient les mauvaises nouvelles. On pense que vous en savez plus sur le sujet que n'importe qui, ce qui n'est pas vrai.

Tout fonctionne autour d'un postulat de vie éphémère. Le monde se porterait pourtant beaucoup mieux avec des éternels. On deviendrait concerné par l'avenir de la terre. Les gens ne se presseraient plus pour la gloire, le gain, le désir. C'est par lassitude que de très anciens alchimistes nous l'ont brisé, notre âge d'or, ces rassasiés de jours. Pour en finir, ils ont inventé un sinistre caillou philosophal, qui possédait le secret de la vie brève. Par orgueil aussi, pour affirmer leur différence avec le créateur.

Les hommes tiennent depuis, dans les certificats de leur décès, à affirmer que leur mort est bien réelle, afin que personne n'en doute, qu'elle est là, en leur possession, ce trésor que Dieu ne possède pas.

On nous a donc menti. Ce sont les hommes qui ont chassé Dieu du paradis terrestre, pour vieillir sans lui, pour mourir, à leur guise. Nous étions à son image avec notre éternité, abrutis de nectar et d'ambroisie, mais l'homme désire encore, alors qu'il a tout, ce qui le mène au certificat de décès.

Après « réel », il faut ajouter, à la main, « constante », ce qui présuppose l'idée que la mort ne ferait que passer, quelques heures, quelques jours. Il n'y aurait finalement que des vivants dans les cimetières, des inconstants, gémissant dans leur caveau pour qu'on les en sorte. Cela prouve que tout le monde croit à la résurrection, et que l'on finira par le retrouver l'âge d'or, mais il ne faut pas l'ébruiter.

Le médecin doit jouer ce jeu et affirmer que la mort durera, entêtée et obtuse. C'est dans son intérêt d'ailleurs, la résurrection concurrence dangereusement la médecine. Le corps médical perdrait beaucoup de son importance si au bout du troisième jour, on ne trouvait plus personne dans les tombeaux. Le certificat de décès garantit sa survie et les médecins qui le signent participent à une supercherie nécessaire.

Les légistes, eux, n'ont personne à défendre. Ils sont les mieux placés pour mesurer l'irréalité de la mort et son inconstance qui ne devrait échapper à personne. Ils voient bien que ce corps n'a plus rien à voir avec son double vivant. Ils passent leur temps à l'interroger, à disséquer ses organes. Que constatent-ils ? Partout le même silence, partout la même immobilité, rien, pas même une petite lueur de vie au ralenti, vacillante au cœur d'une minuscule cellule, pas le moindre écho, pas la moindre trace. Ils peuvent donc prétendre avec certitude que ce corps mort n'est pas vivant et que rien ne permet d'affirmer qu'il l'a été un jour.

Il y a une échelle de réalité, qui va du plus vers le moins, mais qui n'englobe pas le rien. Pour que la mort soit réelle, il faudrait qu'elle soit le point le plus bas de la vie, qu'on y trouve quelque chose de très archaïque, de très simple, mais de vivant. Le légiste peut nous prouver que ce corps n'est pas dans cette échelle de réalité. C'est une question de critère. Mais c'est vrai, disséquez des morts, vous verrez comme leur substance paraît amorphe, minérale, sans la moindre ressemblance avec nous-mêmes. Regardez ces choses froides, ces viandes glacées et grises, vides, creuses, ouvertes. Ecoutez ce silence définitif. Essayez de l'animer avec le souvenir. La mémoire est déserte, même pour le corps le plus cher.

Quant à la constance, c'est encore plus simple, car le corps ne reste pas figé, indéfiniment égal à lui-même. Il se transforme, malgré le formol qui retarde les choses. Je passe sur les détails, mais chacun le sait. La constance de la décomposition en marche n'est pas un modèle. Le corps ne persévère pas dans la mort. Il est attiré par le vide. Il la quitte, et assez vite encore, sans regret. Il l'abandonne comme une femme qu'on ne désire plus. Il la plaque. Ouvrez les vieux cercueils, les morts n'y sont plus. C'est une preuve.

On n'est pas assez rigoureux avec les définitions. La mort et le vide sont deux choses différentes. Est vide ce qui ne contient pas de matière. Est mort ce qui ne contient pas de vie. Mais est-ce que la vie n'appartient qu'à la matière ? Un vide sans matière est-il sans vie ? La vie a-t-elle vraiment besoin d'un support ? Et quelle est alors la matière de la pensée ? La peau de nos rêves ? C'est dans ce monde de questions profondes qu'évoluent les légistes. Ce sont des gens instruits, qui ont le temps de réfléchir, qui ont un don pour l'abstrait, qui savent raisonner sans image. Les vivants gagneraient à les consulter.

J'aurais dû faire de la médecine légale, mais les morts me font peur. C'est incontrôlable. J'ai aggravé les choses en choisissant une spécialité à risque de rencontre. La mort compte beaucoup sur la neurologie. Le neurologue, même peu efficace, est donc un empêcheur de tourner en rond, qui arrive finalement à s'en faire une ennemie. Elle se met à lui manifester une certaine antipathie, puis à ne plus l'aimer du tout malgré quelques bons gestes de sa part. Il risque à son heure de plonger dans un inconnu hostile.

Le légiste gardera son charme. Lui sera bien accueilli. Ces poumons qui ne respirent plus, ces cœurs immobiles entre ses mains, ce sont des lettres de recommandation, des sésames qui ouvrent les portes de l'au-delà. Il se promène dans le domaine des ombres favorisées. Il a la confiance de l'hôte qui l'accueille. Pas nous.

Esculape a d'ailleurs très mal fini. Il était le médecin que l'on rêve tous de devenir, tellement efficace que plus personne ne mourait sur terre. Il faut dire qu'il était le fils d'Apollon, ce que nous ne sommes pas et ce qui explique nos performances inférieures. Son sort fut vite réglé, Pluton se plaignit de ne plus avoir personne dans son royaume déserté de cadavres et Jupiter remercia Esculape d'un coup de foudre définitif. Depuis, il continue à foudroyer les médecins, très régulièrement, ceux qui échappent aux malades. Il est là, en embuscade, derrière nous, à nous guetter en permanence, à affirmer sa présence, à coups d'éclairs sur nos diagnostics. Comment dans ces conditions avoir confiance en notre avenir ?

Je préfère ne pas y penser et me répéter ma phrase fétiche, que je recommande à tous mes frères d'inquiétude, et qui m'a déjà sorti de profonds états d'angoisse et de mélancolie : « La mort est réelle et constante. » Répétez-la, autant de fois qu'il le faudra, c'est la phrase qui sauve. Souvenez-vous que s'il faut la dire ou l'écrire, c'est la preuve qu'on en doute, même dans l'administration.

C'est le cadeau des certificats de décès, ce doute, le présent le plus lumineux de la médecine, son espérance.

J'ai réussi à en sortir de ces six mois de réanimation. Pas en bon état. Le temps a vraiment fait tout ce qui était en son pouvoir pour toucher l'immobilité, le zéro absolu. Mais lui aussi est soumis à ses propres lois, même s'il les interprète. Il a dû abandonner à regret son rêve de garde éternelle pour moi et finir par me conduire au bout de mon stage de réanimation, en tortillard.

J'ai été libéré un matin d'hiver. Ma femme est venue me chercher à la porte de l'hôpital. Je ne me sentais pas très fringant, à vrai dire, ni pour marcher, ni pour parler. Je l'ai inquiétée bien sûr. J'étais un peu nauséeux, un signe habituel après une détention.

Je n'avais pas vraiment apporté de réponses aux questions que je m'étais posées. A la première peut-être. Pourquoi étais-je si incapable de supporter la médecine ? La chose était entendue. Je n'étais pas gai. Profondément. Je trouvais un goût plutôt saumâtre à notre destinée. Je prenais notre condamnation trop au sérieux. En réalité, je manquais de philosophie. Et puis j'étais parti dans ce métier en pensant pénétrer un monde de science, pas un cercle de jeux où les paris sont chers. J'ai été déçu par le couple hasard-médecine. Je m'attendais à plus de fidélité à mes illusions. En même temps, qu'aurais-je pu faire d'autre ? Je détestais travailler. Je n'avais aucun talent particulier. J'étais moyen en tout, sauf en maths, où j'étais nul. Je n'avais pas de don artistique. Mes parents m'avaient élevé confortablement, laissant s'épanouir en moi le goût des choses futiles. Je n'avais pas une once d'esprit rebelle. On ne peut être que médecin dans ces cas-là, ou faire de la politique. Comme j'avais horreur des débats et des dîners en ville, j'ai choisi la faculté. Et puis, il y avait cette illusion que tous les étudiants partageaient, le médecin homme libre, respecté et riche. On retarde toujours d'un siècle dans ses choix de jeunesse, victime d'un enseignement trop vieux et de lectures poussiéreuses. J'étais encore dans la culture du dix-neuvième. Je n'ai pas anticipé. Riche et respecté, je le dis d'emblée à mes futurs confrères, il vaut mieux ne pas y penser ou alors comme un préhistorien qui s'intéresse aux squelettes de ses ancêtres, pour les étudier et les dater, des passionnés de race éteinte, des chercheurs de chaînon manquant. Libre, peut-être encore. C'est difficile de contrôler un médecin. On peut le contrarier, lui empoisonner la vie par mille petits embarras, mais personne n'a intérêt à lui enlever complètement son indépendance. L'irrationnel le protège. Jupiter a tué Esculape, mais auparavant, ils dialoguaient tous les deux. Ceux qui ne nous aiment pas le savent aussi. Il y a quelque chose de mystérieux dans ce métier, auquel on tient. Chacun aimerait que le médecin crée quelquefois des surprises, qu'il mette un peu de fantaisie dans les mauvais pronostics, ce qui impose un certain respect de sa liberté.

Il y a des médecins libres, qui sentent les diagnostics, des instinctifs aux sens développés, vers qui les malades iront toujours. La médecine peut progresser techniquement à l'infini, le nez aura sa place.

Pierre Ferré était un nez. Le diagnostic était naturel chez lui. Il ne se trompait pas. Il examinait peu, tapait un ou deux réflexes, pour le contact, pour faire monter les parfums. C'était inné chez lui. Il percevait les choses. On prenait son avis quand tous les examens complémentaires avaient été tenus en échec. Il reconnaissait les fragrances, le poivré du lymphome, la violette de la méningite... Rencontre avec un vrai médecin, qui est devenu mon ami, qui n'a pas fait carrière, ce qui ajoute à sa qualité. Il faut essayer de pratiquer la médecine comme lui, à l'instinct, avec art. Beaucoup résistent, parce que l'art révèle vivement les différences. Le style est rare en médecine. L'absence de don ne peut pas être dissimulée. On préfère la science, beaucoup moins sélective, où l'on dure sous les masques. On ne le mesure pas de l'extérieur, mais le milieu scientifique est un paradis pour les faux-semblants. La médiocrité y trouve mille cachettes, mille déguisements. J'ai pratiqué, parole d'expert. Chacun peut dénicher une petite grotte dans sa spécialité, inexplorable, et parler du fond, à voix basse ou en langue inconnue. Par prudence, on assimilera l'abscons à la compétence. C'est une technique qui s'apprend très facilement. Il faut du vocabulaire.

Je me méfie toujours des études scientifiques. Elles gardent la même force auprès du public, malgré leurs erreurs. Elles peuvent tout se permettre. Les résultats contradictoires qu'elles affirment avec la même autorité ne leur ôtent aucun charme. Je pense, par exemple, à la prévention de la mort subite du nourrisson par la position couchée sur le ventre, défendue violemment par des générations d'apprentis chercheurs, puis infirmée par de récentes études définitives, recommandant la position sur le dos ou sur le côté, en attendant la revanche du décubitus ventral qui n'a pas dit son dernier mot.

Je n'ai aucune confiance dans les études. J'en ai moi-même réalisé.

Quand vous êtes à l'intérieur, vous mesurez la part subjective de l'affaire. Dominante... Les biais sont tellement nombreux que l'honnêteté en devient un, quand il faut conclure. Il faut sculpter l'étude. On ne peut pas dire que l'on triche. Il y a une idée de départ, que l'on veut traiter impartialement mais qui a votre préférence, qui creuse son chemin secret dans vos démonstrations et qui parvient à ses fins. Tout favorise la subjectivité. Les groupes de patients sont rarement homogènes, les informations souvent incomplètes, le temps presse, la perspective de l'article publié dans un journal reconnu vous rend impatient. Il faut un résultat.

On prend des libertés. On enlève, par exemple, un cas qui modifie les statistiques de manière trop radicale. On interprète, on souligne des points, on en efface d'autres...

« Les études l'ont dit », « Les études l'ont démontré », « Je vous renvoie aux études ». Je ne peux pas entendre ces phrases dans les conversations sans me revoir devant mon écran d'ordinateur, corrigeant les résultats parasites, rééquilibrant les tableaux, ne trahissant pas, mais lissant...

Les études seraient menées maintenant à l'américaine, avec encadrement, discipline, rigueur absolue. Les médecins sont des biais, on les surveille de près. Il faudrait surveiller aussi les laboratoires qui organisent le financement. Il faudrait surveiller tout le monde. Les malades particulièrement, biais essentiels.

Moi, je les verrais plutôt libérées les études, ouvertes à l'inspiration et à la fantaisie, avec des sondages d'impressions, sans chiffre, sur des cohortes de médecins ayant une expérience sur le sujet. Des études absolument subjectives, qui ne seraient pas arrogantes, qui offriraient en remplacement des certitudes éphémères, des doutes amicaux, rassurants. Une humilité fertile pour la découverte.

J'ai dormi un mois, une vraie hibernation. J'ai ralenti mon métabolisme, physiquement et surtout intellectuellement. J'ai évolué en vitesse minimale. Les proches qui continuent à vous aimer dans ces situations reviennent à d'antiques réflexes. Ma femme me nourrissait exclusivement de poisson, riche en phosphore et utile pour la récupération neuronale. J'ai avalé des filets par dizaines, des fruits de mer, des crustacés, de l'iode. Il en fallait pour affronter les trois ans de clinicat qui m'attendaient chez Diset. L'air de la mer m'a aidé à sortir de ma léthargie.

J'ai repris la marche doucement. J'ai relancé avec prudence ma vie sociale, en ne sortant au début qu'avec des amis très sûrs, qui ne me posaient pas de questions, qui respectaient mon silence marin. Je ne trouvais rien à dire sur quelque sujet que ce soit. Je hochais la tête. Je faisais des signes. J'ouvrais parfois la bouche sans émettre aucun son, comme dans un aquarium. Il a fallu modifier mon alimentation. Il a fallu modifier beaucoup de choses.

J'ai pris des décisions lourdes de conséquences pour mon avenir. J'ai décidé de mettre de la distance, de reculer devant les malades, de ne plus recevoir en vrac, sans classement. La racine du mal était dans le mélange entre destination professionnelle et personnelle, dans l'absence de tri. La médecine débordait sur ma vie privée. Il fallait séparer ma vie en deux parties, isolées l'une de l'autre, hermétiquement, sans interface possible.

Le seul moyen que j'avais trouvé après des jours de réflexion était de changer mon comportement avec les patients, de marquer la frontière. J'ai décidé de me durcir. J'ai blindé mon âme. J'ai commencé à contempler sans trop d'émotions mes SLA mourantes. Je les ai accompagnées du regard, en leur faisant quelques signes, de loin. On trouve facilement la distance. On redécouvre l'instinct du recul, cet écho très ancien, de l'âge de pierre, du temps où l'on était fuyant dans la vie, où le danger s'affrontait par l'évitement. Personne ne pensait à l'époque que notre espèce allait devenir la plus forte. Tout le monde se sentait minuscule.

Ce sens du minuscule m'est resté à fleur de peau. J'ai remis très vite la main dessus. Je donnais l'impression d'être seulement un peu à l'écart, avec mes malades. En réalité j'étais loin. L'espace du bureau entre nous entretenait l'illusion. De ma chaise, je les apercevais comme des points à l'horizon. Hors de portée. Je suis devenu assez sec, peu serviable, difficile à joindre. Mes ennemis ne trouvaient plus de prise. Ils glissaient doucement sur moi, jusqu'au sol.

J'étais dans l'erreur. J'ai compris, plus tard. Il faut lutter contre la médecine en s'attendrissant, en devenant plus gentil. L'accès à la gentillesse s'ouvre avec l'expérience, lorsque vous gagnez en assurance, que vous avez moins à cacher. Vous pouvez vous démasquer alors, sans avoir peur de montrer vos carences et vos doutes. Les plus teigneux des médecins sont souvent les plus jeunes et les plus insuffisants. La médecine devient torturante quand il faut voir les malades avec autant d'incertitudes, redouter tant de questions dont on ignore les réponses. Le recours à la froideur limite la durée des conversations.

Il y a aussi cette idée obsédante qu'on se trompe peut-être et qu'un autre pourrait mieux faire. C'est une grande ombre, cet « autre » en médecine, impitoyable. Il ne cesse de vous rabaisser et vous conduit à l'aigreur. En réalité les médecins ont peur. Tout est là. J'ai vécu ma carrière hospitalière comme une très longue séance de train fantôme, accroché à mon siège de consultation, la mine verdâtre, les épaules rentrées, attendant le jaillissement des squelettes, des mains velues et des chauves-souris. C'est beaucoup plus tard que l'on se rend compte que l'autre n'est pas si différent de vous, que son mieux ne vaut pas grand-chose, qu'il partage vos doutes.

Après la réanimation, j'aurais dû glisser vers le tendre. J'aurais mieux vécu mes erreurs, si je les avais commises avec cœur et disponibilité. Mais la peur a tout gâché. On finit par se laisser entraîner par le jeu de la froideur. Cette apparente sûreté de soi devient dangereuse car vous finissez par croire vraiment à votre image. Vous perdez conscience de vos lacunes. Vous ignorez vos manques, vous retirez votre protection de doute et devenez alors extrêmement menaçant, un loup pour vos semblables. La gentillesse vous protège de cette fatalité. Les hésitations se marient bien avec elle. On peut arriver à faire sentir son empathie, donner un ton amical et humble à son « Je ne sais pas ». Le patient saura à quoi s'en tenir. Il ira prendre d'autres avis, s'il le veut. Vous, vous ne serez pas allé au-delà de vous-même.

Les deux forces qui s'opposent à ce naturel face aux malades sont l'ambition et l'argent. Si vous voulez faire carrière à l'hôpital, votre « Je ne sais pas », utilisé trop souvent, peut devenir un handicap. Il faut impressionner ses confrères, en imposer. Il faut marcher, parler, consulter avec autorité. Il faut rattraper son manque d'expérience par un culot qui vous démarque par rapport à vos concurrents. Tous les jeunes médecins sont des mauvais médecins. La différence, c'est le culot.

Il peut prendre plusieurs formes : la forme brillante de celui qui ose tout, qui a des facilités à l'oral, qui rentabilise à l'extrême son maigre savoir ; la forme intériorisée, peu bavarde, qui laisse entrevoir des abîmes de connaissance cachée ; la forme séductrice qui se passe de culture, qui avance toute seule. Le point commun à toutes ces variantes de culot est le détachement par rapport au patient et à sa maladie. Le rôle essentiel de la pièce lui a échappé, il joue en figurant, assez mal traité. Plus tard, si vous quittez l'hôpital, c'est l'argent qui concurrence votre attendrissement de médecin installé. Il devient nécessaire de garder les malades et il faut reconnaître que le charme de votre « Je ne sais pas » clair et souriant a un effet centrifuge sur une grande partie de la clientèle. Les médecins s'ils étaient riches au départ seraient beaucoup plus honnêtes.

Pauvre et dur, j'ai donc fini par intégrer le service du professeur Diset. Je me suis présenté un matin, raide et coupant comme une lame, dans le bureau de la surveillante pour prendre mes fonctions de chef de clinique. J'ai traversé les salles, en saluant sèchement les infirmières, pour gagner un bureau vide où l'on m'a laissé avec moi-même.

Les premiers jours de clinicat sont étranges. On se retrouve totalement inoccupé. Le programme de votre semaine vous a été donné et se résume à une visite hebdomadaire avec l'interne, une autre avec le patron, deux demi-journées de consultation et un staff. Vous comprenez très vite que la clé de votre qualité de vie repose sur la qualité de votre interne.

N'ayant plus à assumer la visite matinale, la contre-visite obligatoire de l'après-midi, le quotidien non neurologique des malades hospitalisés et ses trois plaies : phlébite, escarre, infection urinaire, la préparation avant présentation des dossiers au staff devant le public confraternel prompt à vous ridiculiser, vous devenez un spectateur choisi dont la sérénité dépend directement de l'efficacité de son paratonnerre.

L'idée est donc de faire d'emblée comprendre à l'interne que vous ne l'êtes plus. Que respectueux au plus haut point de sa compétence et de son sens de l'initiative, vous entendez vous effacer le plus possible et ne constituer qu'un recours ultime, à n'utiliser que dans le cadre des situations les plus désespérées.

Il ne faut que quelques semaines pour être rattrapé par les malades de consultation, les avis spécialisés dans les autres services et hôpitaux périphériques, les articles à rédiger, les cours à donner aux étudiants, aux externes, aux infirmières.

J'étais très en vue au début, pour les cours. J'avais de la facilité à enseigner. Je monnayais ce talent en organisant le soir des leçons de préparation aux concours, au nom ronflant de « Conférences » dont le butin me permettait de doubler ma paye hospitalière. Je me prenais au jeu de cette médecine théâtrale que l'on enseigne si misérablement, effets de manche, simplifications ridicules, formules pour pimenter le triste ragoût des pathologies, raccourcis pour les mémoires paralysées des internes verdâtres aux urgences. Les 3 H de la céphalée... Hémorragie méningée, Hypertension intracrânienne, maladie de Horton... La confusion durable de l'hématome sous-dural...

On se sentait armé pour la vie en sortant de mes conférences, blindé par les automatismes. J'apprenais à ne pas réfléchir. J'apprenais des conduites de survie, ce qui est le défaut majeur de l'enseignement aux internes.

Mes conférences se sont dépeuplées avec le temps. Plus j'allais en âge, plus la qualité de mon jeu baissait. Je le percevais. Je ne sentais plus les vibrations de la salle. Je perdais mon charme. J'étais bon professeur quand j'étais mauvais médecin.

En réalité, je n'en savais pas beaucoup plus que mes auditeurs au début. J'avais, comme eux, tout appris dans les livres, mais j'avais l'expérience des gardes, l'expérience du front qui me donnait du prestige. Tout le monde avait peur des urgences. Je jouais là-dessus. Je faisais vivre des situations terrifiantes. Je plaçais mes élèves dans des impasses mortelles d'où seul mon savoir allait pouvoir les tirer. Je leur faisais vivre leurs cauchemars, avec une solution au bout. Je les rendais dépendants.

Les étudiants apprennent la médecine le nez collé à la vitre des concours et des gardes. Ils attendent un enseignement simplifié, binaire, qui leur permet de cocher des cases et d'acquérir des réflexes primitifs, médullaires, non corticalisés, du type de ceux que l'on découvre en sciences naturelles en stimulant électriquement des grenouilles décérébrées.

Au contact des malades qu'on ne rencontre bien, que tardivement en médecine, après une dizaine d'années perdues à cuisiner dans les livres et les salles d'urgence, on perd le sens des généralités. Tout s'individualise. Vous vous rendez compte que votre enseignement simplifié ne s'applique qu'à des situations caricaturales. Vous exposez vos trois H de la céphalée avec moins de conviction, moins d'énergie, ce qui ne pardonne pas sur scène. Vous avez envie de rajouter des « peut-être », des « plus ou moins », des « pas toujours ». Le public ne suit pas.

A la fin, je ne pouvais plus rien apprendre à mes étudiants. J'hésitais, je corrigeais, je bafouillais. J'avais le sentiment que rien n'était faux dans mon discours, mais rien n'était vraiment exact. Je tournais en rond dans mes nuances, en toupie, entre les pôles du pour et du contre. Le premier effet de mon expérience fut donc d'anéantir mes premiers revenus. Je dus abandonner mes conférences désertées, sinistrement, comme un comique qui ne fait plus rire.

Ma vie dans le service était assez silencieuse.

Diset, mon patron, avait du mal à exprimer ses sentiments. En fait, il ne les exprimait pas du tout. Il parlait peu. Le langage, chez lui, était à l'imparfait comme l'indiquait phonétiquement son nom. Il avait dit, il ne se répéterait pas. J'avais dû manquer le jour de sa conversation.

Il n'enseignait pas verbalement à ses assistants. Son idée de la transmission du savoir était l'imbibition. Elle ne passait pas par le langage. Au commencement était le silence et à la fin aussi. On ne parvenait au verbe qu'en le quittant. Il souhaitait établir des rapports d'éponge entre lui et son équipe. Un monde nouveau pour moi.

Cela m'a donné l'occasion de les étudier, les éponges. C'est très intéressant. En consultant le dictionnaire, vous lisez à « éponge » : « nom usuel des spongiaires, substance légère et poreuse... ». Légers et poreux, c'est ainsi que nous voulait le professeur Diset. Sans la moindre indication verbale de sa part, sur quelque sujet que ce soit, il fallait beaucoup d'instinct et un exceptionnel sens de l'orientation pour ne pas se perdre dans son silence. Il connaissait la neurologie mieux que personne, peut-être précisément parce qu'il la conservait pour lui, dans son vide, protégé de l'oxygène extérieur au pouvoir corrosif.

Il avait gardé de mauvais souvenirs de son début de carrière. Il était de l'époque où les fils de patron avaient un réel avantage en médecine. Ils passaient devant. Diset était le meilleur, partout, major aux concours, médaille d'or, félicitations, mais les fils de patron passaient devant. De très peu, sans insister sur l'écart, assez délicatement, en créant toujours un petit débat, qui se terminait invariablement par la décision de les faire passer devant.

Son humour en avait souffert, première victime de ses études. Il lui en restait quelques traces, mais pâles, peu distinctes dans le quotidien. Elles formaient un petit chemin difficile à suivre, sur lequel on ne se risquait pas. Il cultivait une certaine amertume depuis cette époque. Elle ne s'usait pas. Il s'était résolu à accepter un service en banlieue, abandonnant la promesse d'un poste à Paris. Il avait alors décidé de mépriser très profondément et très durablement l'ensemble de ses collègues parisiens et plus globalement français.

Il avait écrit des articles remarquables qui avaient fait connaître son nom aux Etats-Unis. Il ne parlait qu'aux Américains. Outre-Atlantique, la neurologie européenne c'était lui.

Cela le confirmait dans l'idée que sa place en dehors du périphérique était un symbole à entretenir, un superbe isolement, un Sainte-Hélène entouré d'un océan de médiocrité.

Je l'aimais bien Diset. C'était un homme blessé, peu sûr de lui finalement. Son arrogance était fausse.

Il m'a beaucoup appris. L'absence de dialogue m'arrangeait plutôt, je n'étais pas bavard. Je me méfiais des conversations. Je pensais qu'il fallait laisser sa pensée à l'abri des mots, se développer sans prélèvement. Il me faisait réfléchir. Il ne me lançait pas les miettes de sa culture médicale, des miettes de mots à grignoter pour une petite faim. Il me considérait, en ne me disant rien. Je m'interrogeais sur moi-même, sur mes lacunes. Je mesurais la distance à parcourir. Il ne me donnait aucune arme pour affronter les responsabilités de ma nouvelle fonction et en même temps, il me témoignait une confiance absolue, me laissant le remplacer lors de ses consultations et prendre des décisions.

Il pensait qu'on apprenait seul la médecine et que la responsabilité était la force enseignante. Il se contentait de mettre ses élèves en situation.

Il aurait pu rattraper une carrière parisienne sur le tard, diriger un service prestigieux, mais il n'en était plus question. Son orgueil était à la mesure de celui de tous les mandarins qu'il méprisait, mais il fonctionnait à l'envers. Rien ne le satisfaisait plus que ces propositions flatteuses qu'il refusait. Il avait transmuté les choses. On pouvait lui proposer la copie la plus exacte de ses rêves de carrière, il la rejetait avec volupté. Il traitait la France du haut de son microscope, comme une fibre nerveuse de petit diamètre. Tout lui paraissait minuscule dans la médecine française. Ses élèves, qui en faisaient quand même un peu partie, pâtissaient de cette vision. Il donnait l'impression de ne pas nous voir. Il ne nous ignorait pas ostensiblement. Il n'y avait pas de méchanceté, simplement une inclinaison naturelle, physique, une curiosité ophtalmologique, une vision tubulaire qui excluait les images sur les côtés. Nous étions sur les côtés.

C'était un grand type froid et je crois un sentimental, mais de la famille des sentimentaux intériorisés, qui cachent leur jeu. Sa main ne s'attardait pas dans la vôtre. Elle vous laissait très vite avec son double aérien. Toutes les relations avec lui ressemblaient à cette poignée de main. Les échanges étaient fugaces, les décisions non développées. On ne discutait jamais longtemps. On se croisait. Pour partager un peu de temps avec lui, il fallait connaître les rares sujets qui ralentissaient sa fuite des rapports humains : les erreurs de ses collègues parisiens, les grenouillages de la faculté, les réunions internationales et ses succès diagnostiques. Il avait gardé de la vanité comme séquelle de son passé injuste. Elle lui enlevait du rayonnement. Il affirmait être au-dessus de cette cuisine, mais il n'y arrivait pas. Il avait dû subir des mauvais traitements dans sa jeune carrière, grand médecin battu.

Il était assez dur avec les malades. Il ne les mettait pas en confiance. Il se serait d'ailleurs assez facilement passé d'eux. Il les voyait de manière très spécialisée, plus en systèmes nerveux écorchés qu'en un ensemble très cohérent. Les patients percevaient cette lecture anatomique de leur personne. L'ambiance des visites était assez peu conviviale. De plus, il avait pris la décision de ne jamais se tromper. Il avait un avis clinique, la maladie devait s'y conformer. Je n'ai jamais vu quelqu'un exiger de la médecine autant d'obéissance. Il avait connu trop d'humiliations pour tolérer la moindre remise en question.

La difficulté dans son service n'était pas de trouver ce que le malade avait, mais le diagnostic que Diset avait retenu pour lui. Il se trompait peu, mais c'était insuffisant, il fallait intégrer l'idée qu'il ne se trompait pas. Avant de me pencher sur le malade, j'avais donc pris l'habitude d'examiner le patron. Il avait, par exemple, une moue particulière pour la SLA, la commissure de ses lèvres s'abaissait en arc, ses sourcils remontaient, donnant à son visage une forme générale d'oméga. Pour l'hystérie, son nez chutait vers la lèvre supérieure et un léger sourire, qu'il fallait saisir, confirmait le diagnostic.

Pendant les visites, on présentait le dossier, au lit du patient, lentement, en attendant de déceler des indices de ce que pensait Diset. Un esprit rapide et synthétique n'était pas souhaitable. Il fallait pratiquer la périphrase, en espérant être interrompu par une question révélatrice ou un geste d'impatience pour lequel un décodage était disponible. Le geste d'impatience signifiait que le diagnostic était fait avant l'examen du malade, sur la seule histoire clinique, ce qui était une indication pour le présentateur hésitant entre le diagnostic simple ou plus complexe nécessitant des informations complémentaires. S'il attendait, après le résumé de l'histoire clinique, la description des signes d'examen, le diagnostic simple passait à la trappe. S'il souriait à la mention d'un signe de Babinski non retrouvé, vous étiez fait. Il obtenait le Babinski quand il le voulait. Il avait une technique à lui. Il ne se contentait pas de gratter la plante du pied, il glissait sous le gros orteil et le chatouillait ou le piquait jusqu'à obtenir une extension conciliante.

Diset avait décidé de se mesurer à Babinski. Il lui lançait des défis tous les jours. Il y avait un contentieux entre eux. Je crois qu'il ne supportait pas la dépendance. Il trouvait son signe trop despotique. Pour un esprit aussi libre que le sien, cette situation était intolérable. Quand il ne l'attendait pas et que le signe était malgré tout présent et franc, le narguant d'une extension majestueuse, une ombre passait dans son regard. On se disait que sans témoin, il aurait bien tordu l'orteil du malade, pour l'obliger à fléchir.

J'ai appris mon métier chez lui. J'ai d'abord découvert la profondeur extrême de mon ignorance. Ce fut une surprise. J'étais assez confiant. La formation d'interne était citée en exemple. J'arrivais avec un bagage de sept années d'études théoriques, plus quatre ans d'internat, soit onze ans de préparation intensive à l'ignorance la plus profonde. Je ne connaissais rien en neurologie. Rien d'utile. Je ne savais faire que des tours, des trucs d'illusionniste qui impressionnaient les naïfs.

J'étais la preuve qu'il y avait un problème de formation dans les études médicales. J'avais appris tellement de choses inutiles. Il y avait un tel désordre dans mon esprit que je ne retrouvais même plus les bases élémentaires. J'avais égaré les outils les plus simples. C'était effrayant car, sûr de mon savoir, j'avais pensé faire l'impasse sur le clinicat et économiser ces années ajoutées de détention hospitalière.

Les heures passées sur des sciences fondamentales sans le moindre intérêt clinique, les soirées gaspillées à user sa mémoire sur des spécialités obscures, le temps perdu hors de l'hôpital ou en son sein dans des fonctions subalternes de stagiaires ou d'externes, vous transforment en étudiant attardé, aussi dépendant de sa famille hospitalière que de sa famille génétique.

Ce n'est qu'à l'hôpital que la médecine s'apprend. Dès la première année, les étudiants devraient avoir une fonction dans les services, aides infirmiers d'abord, puis aides médecins, aides radiologues, aides biologistes... Sur le vivant, tout de suite. Une vraie stupidité a été de supprimer le concours de l'externat. Très jeune vous aviez un titre, qui vous donnait un statut hospitalier. Les externes étaient déjà des médecins et pas ces quilles ridicules qui gênent le passage du personnel médical dans les couloirs et qu'on bouscule. On devient médecin beaucoup trop tard. Le diplôme devrait se gagner en quatre ou cinq ans, la moitié passée à l'hôpital.

Les postes à créer ne sont pas des postes d'agrégés, mais d'enseignants hospitaliers qui devraient être largement payés. Les patrons pourraient assumer ce rôle, mais ne le font pas, parce qu'ils n'y sont pas contraints et qu'on leur impose des fonctions d'administrateur, de gestionnaire qui usent leur temps et leur énergie. Plutôt que de leur accorder avec amertume une activité privée lucrative au sein de l'hôpital, on ferait mieux de leur donner l'équivalent de ce qu'ils y gagnent pour l'enseignement. Ils amélioreraient la formation des médecins, et les économies pour la Sécurité sociale compenseraient largement l'investissement de départ.

Chez Diset, dans le silence et les responsabilités nouvelles que j'assumais mal, j'ai développé un spleen peu apparent, mais profond. Ma conviction de faire fausse route ne s'atténuait pas. Elle était à la mesure de la faiblesse de mon caractère qui m'empêchait de quitter la médecine pour de bon. Je savais qu'il était trop tard. J'avais peur.

J'en parlais à Ferré, mon ami, mais il aimait son métier. Il se sentait mieux à l'hôpital que chez lui. C'est dire comme on était différent.

Pour ne pas le décevoir, j'atténuais mon rejet de la médecine. Je parlais de surmenage. Je parlais de ce qu'il comprenait, de ce qu'il vivait. Je parlais pour lui en réalité. La médecine était notre lien. Je ne pouvais pas le couper. Je n'étais pas sûr de garder son amitié. Je lui étais très attaché. Il connaissait bien ma vie. Il connaissait Diset qui l'ignorait ostensiblement, ce qui était une preuve de considération sur le plan professionnel car il n'accueillait aimablement que les gens qu'il méprisait. Ferré m'enseignait beaucoup. Il croyait en mon avenir, mais au sein de la médecine, pas en dehors. Nous avions quinze ans d'écart, ce qui m'était très utile. Les vieux amis sont des cobayes. On les envoie devant, pour voir, en éclaireurs. On dit qu'on les couvre, mais c'est faux. On regarde surtout ce qui leur arrive, pour se préparer.

J'ai senti très vite chez Diset que je m'enfermais dans la médecine, que j'allais rencontrer des gens qui allaient me faire signer des pactes, définitifs, avec mon sang et le leur, mais je ne trouvais personne pour me faire confiance en dehors. La médecine devait faire partie de mon charme, être mon charme. Sans elle, je perdais toute séduction. On m'aimait médecin. Je n'ai pas su me sortir de ce piège. J'avais peur de décevoir, sans ma blouse.

Et puis, j'étais attiré par ce monde, perversement, par des chants de sirènes. Le bateau d'Ulysse avec ses marins aux oreilles bouchées et lui, attaché au mât pour pouvoir entendre le chant de mort, sans exposer sa vie, c'était pour moi. J'ai écouté les chants. J'ai voulu m'approcher au plus près. J'aurais dû passer comme lui, sans encombre, mais j'y ai laissé quelque chose. Quelqu'un avait desserré mes liens.

Quand j'ai compris que personne ne souhaitait que je sorte de la médecine, je me suis raisonné et j'ai décidé de m'installer dans le silence de Diset, pour trois années. J'avais néanmoins tiré un trait définitif sur la carrière hospitalière. Je me formais et je disparaissais en ville. J'avais pris rendez-vous avec mon patron pour officialiser ma décision. J'étais entré dans son bureau, en fin d'après-midi, l'heure calme des services hospitaliers. Il rédigeait un article sur son ordinateur pour un journal américain. Il ne s'était pas interrompu à mon arrivée et m'écoutait en tapant à deux doigts sur le clavier, sans quitter l'écran des yeux. Je lui ai dit que je n'étais que de passage. Il a eu l'air étonné. Il a interrompu son travail et m'a jeté un coup d'œil, l'équivalent d'un long regard langoureux pour une personne normale. J'ai ressenti une réelle émotion, qui n'a pas eu la place de grandir dans le petit espace qu'il avait ouvert, avant de m'ignorer à nouveau dans le miroir de son ordinateur. C'était l'avantage avec lui, la vibration de la corde affective s'arrêtait vite.

J'ai expliqué que je ne voulais pas rester à l'hôpital, que je voulais apprendre mon métier et m'en aller. Je me sentais assez enclin à lui dire toute ma vérité. Il ne semblait pas impatient de me voir finir et le monologue était mon élément. Son pouvoir de disparaître des conversations me mettait en confiance. Dans le débat, il se contentait d'exposer son hologramme. On croyait l'avoir à portée de main, mais il n'était pas là. Il ressemblait aux mirages, reflets de quelque chose de réel mais de lointain. Moi aussi, j'étais lointain. Nous avions des relations de mirages dans un grand désert.

Il avait la réputation de déstabiliser son adversaire par son silence. J'étais plutôt à mon aise avec lui, avec moi. J'ai fini par me lever, lorsque j'eus le sentiment de ne plus rien avoir à me dire.

Il prononça alors cette phrase, qui fut notre seul échange intime : « Vous avez raison, soyez passant. »

Elle résumait assez bien les choses.

J'ai pris mes responsabilités, comme on dit. On pourrait les offrir, les prêter, mais non il faut les prendre, ce qui montre bien qu'elles ne nous appartiennent pas. Je préférerais, dans ce cas, dire qu'on les vole ses responsabilités, à quelqu'un qui les avait avant nous. J'ai donc pris les responsabilités d'un autre, auquel je n'enviais rien et à qui je ne voulais aucun mal. Une histoire absurde. Je ne demandais qu'à les lui laisser. Je n'en avais nul besoin. Je vivais très bien sans. C'est la perfidie de la médecine qui vous oblige à ce vol sans nécessité, à ce délit sans désir.

Evidemment, personne ne vient réclamer ses responsabilités disparues, trop heureux d'en avoir été débarrassé. On ne sait même pas à qui on les a prises. Il ne reste plus qu'à attendre que quelqu'un d'autre vous les dérobe, par hasard, un jour de chance. J'ai bien compris aussi qu'il ne fallait pas caresser les responsabilités, ni essayer de les réveiller doucement, tendrement. Je devais les prendre, brutalement, virilement, à la hussarde, en laissant de côté délicatesse et nuances. Mes malades y ont perdu.

Responsable, je croyais l'avoir été pendant mon internat, mais je n'étais pas au bout de la chaîne. C'est une très notable différence. Même si vous ne l'utilisez pas, le recours au supérieur existe et modifie votre façon d'exercer. Dans la hiérarchie hospitalière, le chef de clinique a la responsabilité de la salle, même si l'interne la fait fonctionner avec un blanc-seing. En garde, votre responsabilité s'arrête à l'aube. La solitude a été courte. La relève se charge de vos doutes et du rattrapage de vos erreurs. Chez Diset, j'apprenais à suivre un malade de bout en bout, à décider de l'indication et de l'urgence des examens complémentaires et des traitements, sans garde-fou. J'allais bien musarder en fin d'après-midi autour du bureau patronal, espérant le croiser à l'improviste et lui lancer une phrase débutant par : « A propos, au sujet de monsieur... » J'en ai passé du temps à le guetter dans les couloirs, avec d'inutiles allers-retours vers le service de radiologie où je n'avais rien à faire mais dont les salles jouxtaient son bureau. Le hasard de la rencontre allégeait beaucoup le poids de mes demandes, dissimulait mes hésitations. J'avais ainsi le sentiment que je ne lui montrais que la partie émergée de mes doutes, cette banquise où nous glissions ensemble, mes malades et moi. Je voulais absolument éviter de toquer à sa porte, pour ne pas me trahir. Il y avait mon orgueil, mais je n'étais pas le seul coupable.

On m'avait confié un poste désigné par le mot « chef ». Ce n'était pas par hasard. La médecine vous conduit dans de vieux systèmes, militaires, familiaux, tribaux, avec une hiérarchie rigide. Pour mon cas, je percevais mon rôle de chef, en mouvement. J'aurais souhaité un tour, avec de nombreux relais. Je n'arrivais pas à me sentir « chef » tout le temps. Dans le couloir de Diset par exemple, j'étais plutôt dans un creux de ma fonction. Je cherchais à passer le témoin. Je me sentais prêt à obéir à n'importe qui. L'hôpital nous statufiait dans notre emploi. Je me sentais argileux, humide, en devenir, avec repentirs possibles.

Diset aussi avait une responsabilité. Lui-même, comme les autres patrons, avait dû grelotter dans un couloir, un jour ou l'autre. Tous avaient dû prendre des décisions sans les vérifier auprès de celui qui avait plus de compétence. Il savait très bien où j'en étais. On me forçait pour ma formation à faire des paris avec mes patients, mais j'observais qu'on ne leur demandait pas du tout leur avis. Il ne leur était pas précisé qu'ils faisaient partie de mon entraînement, d'une répétition générale, d'un grand filage où l'erreur est admise et pardonnée. On résout toujours ce problème en déclarant que les choses ne peuvent pas fonctionner différemment. On cache les doutes des médecins ou on les ridiculise, ce qui conduit à ne pas prendre au sérieux les risques qu'ils font prendre, quand ils sont jeunes et seuls, les risques qu'ils prennent aussi.

On reste sur des schémas de médecine ancienne, où l'on ne pouvait pas accélérer les diagnostics, où l'on pouvait discuter et attendre. Les examens complémentaires étaient tellement archaïques, les traitements si maigres, que chacun avait le loisir de donner son avis, de penser ce qu'il voulait sans que le malade y perde quoi que ce soit. Mais tout a changé avec le développement de l'imagerie. Les diagnostics peuvent être faits avant qu'ils ne s'imposent. Il suffit de décider quel examen, pour quel malade et dans quel délai. Les responsabilités sont plus grandes.

Dans mes errances de couloir, je poussais quelquefois jusqu'au service de Vadas, après la radiologie. Il s'aventurait rarement en dehors de son bureau. Il s'y emmitouflait. Il avait pris cette habitude au bloc opératoire, où les doutes se partagent encore moins, avec un patron qui opère dans une autre salle ou qui est absent. Il se traitait par hibernation. Il rassemblait ses angoisses, les congelait dans un coin de sa mémoire et attendait les beaux jours. Pour ne pas troubler leur coma, il restait caché, silencieux et immobile. Quand je le rejoignais dans son bureau, nous parlions à voix basse, d'instinct, sans aucune raison apparente. Je comprenais pourtant pourquoi nous devions chuchoter notre amitié. Je sortais toujours rassuré du bureau de Vadas. J'avais trouvé mon maître en inquiétude. Je me sentais moins seul en le quittant.

Mes collègues du service m'aidaient peu. Chacun percevait l'autre comme un concurrent. On se méfiait tout particulièrement de moi, depuis l'annonce de ma déclaration de rupture avec l'hôpital. On soupçonnait une stratégie subtile pour récupérer par surprise le poste convoité d'agrégé.

Le plus inquiet se nommait Mifaget, un Béarnais. Il avait tout abandonné pour sa carrière. Il faisait partie de ces médecins hospitaliers prêts à tous les reniements pour réaliser leur ambition.

J'en ai rencontré beaucoup. On surnommait Mifaget « l'écho », car il avait pris l'habitude de répéter en toutes circonstances la dernière phrase prononcée par le patron. Il créait de l'animosité autour de lui. On sentait le traître pendant les visites, celui qui essayait d'aggraver votre cas ou de se mettre en valeur sur votre dos, récupérant les bons diagnostics, vous attribuant les mauvais. Il intriguait pour déconsidérer l'interne prometteur ou le chef préféré, favorisant les sans-avenir qui ne représentaient aucune menace. Il appartenait à ces lignées d'ectoplasmes méchants qui traînent dans les services depuis toujours, éternellement, en spectres capables de hanter toute votre carrière.

Mifaget était un spécimen assez rare, le plus extraordinaire fayot que j'aie jamais rencontré. Il essayait de vous séduire dans un premier temps, en appuyant son accent du Sud-Ouest, qui sentait bon les Pyrénées, l'air, le sentiment pur, les valeurs simples et honnêtes des bergers. Méfiance, c'était un vrai renard. Il vous endormait pour mieux vous croquer. Peu à peu, il le perdait son accent, il devenait moins rond. Il pouvait même s'en débarrasser complètement, dans la colère ou l'inquiétude, indice de sincérité.

Il collait à la blouse de Diset comme une tique, approuvant d'un hochement de tête le moindre de ses commentaires. Il ne défendait jamais un de ses diagnostics, même si l'évolution le confirmait. Il préférait se tromper avec le patron plutôt que d'avoir raison tout seul.

Il y avait une salle dans le service qu'on appelait la salle Mifaget. On y rassemblait les démences, particulièrement les démences frontales, qui intéressaient Diset.

Le dysfonctionnement du lobe frontal, chargé de programmer les différentes étapes d'un raisonnement ou d'un comportement, se traduisait par une riche symptomatologie qui faisait les délices des neuropsychologues. Un des signes les plus appréciés était le comportement d'imitation. La lésion frontale entraînait une perte d'initiative. Le déroulement de la pensée n'obéissait plus à un plan prédéterminé, tombait sous l'influence des facteurs extérieurs, comme une girouette dans le vent. Le patient se mettait à imiter vos gestes, vos expressions, vous singeait sans méchanceté, son esprit suivant les dernières informations apportées par ses sens, non filtrées, non hiérarchisées. Il s'enfermait dans le piège d'un mot ou d'une phrase qui bloquait sa pensée, le condamnant à persévérer dans son expression verbale, écrite et gestuelle. Le nom de Mifaget s'était naturellement imposé.

Le signe le plus caractéristique à l'examen était le « grasping ». Vous posiez votre main dans la sienne, elle se refermait et ne vous lâchait plus, persistant dans son attitude, esclave de la stimulation tactile.

On parlait de « syndrome de dépendance environnementale », de « perte de la mélodie cinétique », l'esprit du frontal se comportant comme un disque rayé.

On amusait les externes en livrant les plus timides aux patients « graspeurs » qui s'y accrochaient et dont ils n'osaient pas se défaire. Dans les cas évolués, ils saisissaient tout ce qu'ils pouvaient atteindre, les bords des blouses, les stylos. Certains graspaient avec leur bouche, tétant ce qui passait à proximité de leurs lèvres.

Les frontaux ne parlaient pas beaucoup. Ils se contentaient souvent de répéter les derniers mots de vos phrases. Ils bougeaient peu, sauf les désinhibés qui cherchaient à attraper les infirmières et qu'on devait attacher. On les réveillait grâce au comportement d'imitation.

Ces patients me faisaient réfléchir. Je luttais contre ma tendance frontale à suivre un peu trop les influx de l'extérieur. Je n'initiais pas toujours assez mes raisonnements et mes conduites. Je les calquais sur ce que l'on attendait de moi et je m'agrippais. Le grasping mental est un handicap difficile à surmonter.

J'aimais bien les frontaux. Ils étaient clairs. Ils avaient perdu toute capacité de stratégie. Ils ne mentaient jamais. Mifaget était un frontal menteur, un faux malade. Son comportement d'imitation avec le patron était exclusif. Quand Diset n'était pas là, il guérissait, comme un vulgaire simulateur.

Qu'attendait-il de la médecine, Mifaget ? Un titre de professeur ? Au début bien sûr, mais plus tard... Il était déjà avancé en âge quand je l'ai rencontré. La médecine avait répondu à ses espérances. Elle l'avait pris sous son aile pendant des années, ce petit médecin de Pau qui avait dû manquer d'affection. Il avait retrouvé une famille avec l'hôpital, un père avec Diset. Sa vie s'épanouissait dans l'attente. C'est là qu'il était bien, dans une enfance prolongée. Il le désirait moins qu'il ne l'imaginait son poste de professeur, son passage à l'âge adulte. Il ne tenait pas vraiment à cette rupture. Il était en mouvement dans l'attente. Sa source d'énergie était cette nomination arlésienne qui entretenait son désir. Mais pour que ce système fonctionne, il fallait que son avenir hospitalier soit possible. Or, il vieillissait. Sa promotion devenait, d'année en année, moins réaliste. L'âge limite était vite atteint chez les hospitaliers. L'enfance perpétuelle de Mifaget vacillait. Il retardait l'échéance de son sevrage, sans titre de professeur, mais il grandissait dans sa blouse, rattrapé par une croissance trop longtemps retenue. Tout devenait trop petit dans son univers. Ses vêtements, son bureau, sa salle. Son monde révélait sa taille véritable, depuis la reprise de son développement. Minuscule. Il étouffait dans son costume de collégien, la gorge serrée, le cœur affolé, pompant pour tenir ce nouveau grand corps, à coups de tachycardies sévères, qui lui donnaient quelquefois l'air pâle, l'air sérieux tout à coup, aimable.

On rencontre beaucoup d'enfants à l'hôpital, des attardés aux besoins très matériels, avec échanges métaphysiques limités. Jeux, bagarres, sanglots... Rien de très dépaysant pour ces nostalgiques qui ne veulent pas sortir de leur parc. On ne s'imagine pas à quel point un service peut ressembler à une école, mais d'un niveau peu avancé, section élémentaire.

La hiérarchie hospitalière impose des comportements régressifs. Le patron est le pater familias. Il distribue les nourritures spirituelles et affectives, gavant les uns, affamant les autres, entretenant une compétition permanente au sein de sa progéniture.

On voulait que Diset nous aime. C'était assez pathétique, cette image que nous donnions de nous-mêmes au staff. On transposait toutes les manœuvres de séduction les plus ridicules dans notre petite société de professionnels en parade.

Vu de l'extérieur, rien ne transparaissait. Un étranger n'aurait vu qu'une réunion glacée de blouses blanches discutant des cas, impassiblement. Apparences. En réalité, nous étions des précieuses, des courtisanes, le nez poudré, les joues fardées, avec des robes voyantes et des décolletés plongeants. On cherchait le désir de Diset. On lui montrait nos appas, on ouvrait nos plumes, on dressait nos crêtes.

Le patient, souvent présent lors de la présentation de son dossier, ignorait ce processus d'érotisation de sa paraplégie ou de sa démence. Il aurait été surpris de voir la représentation que l'on se faisait de sa maladie au fond de nous-mêmes. On s'en servait comme d'un accessoire, un porte-jarretelles ou une guêpière.

Une autre partie du staff choisissait la régression fœtale pour séduire le patron et cherchait le berceau de ses grands bras. Le plus atteint était l'ami Bayard, qui avait finalement réussi à rattraper un poste de chef chez Diset.

Pour ma part, j'étais plutôt côté poudré que côté nourrisson. Il y avait une lutte entre les factions. Tout le monde se détestait dans cette basse-cour.

Mifaget hésitait entre les deux camps. Après une courte période passée dans le nôtre, il inclinait vers le grand berceau où Bayard avait plongé dès le premier jour de sa prise de fonctions, occupant de son long corps l'essentiel de l'espace.

J'avais connu Bayard aérien et patronal dans les couloirs des urgences parisiennes. Il me revenait externe et épais, reculant vers le stage et les bancs de la faculté. Les dernières années avaient été difficiles pour lui. Toutes ses demandes de poste avaient été refusées. Son esprit était très délié et sa mémoire exceptionnelle. On le destinait à la recherche, ses performances cliniques n'ayant pas convaincu. Il avait donc échoué dans un laboratoire de génétique où il se délabrait.

Diset, qui cherchait un scientifique un peu neurologue, l'en avait sorti pour le placer dans le sien, pensant le confiner à des travaux de recherche et n'ayant pas mesuré la passion de son nouvel élève pour la médecine clinique. Il avait d'ailleurs décidé de le priver de malades, lui interdisant la consultation et les visites en salle.

Considérant ses demandes réitérées comme des caprices à sanctionner, il l'avait bouclé dans le laboratoire, sous la surveillance d'une maîtresse femme, très ancienne assistante que l'on surnommait « Blizzard » en hommage à l'extrême chaleur qui se dégageait de son visage osseux, barré par un regard bleu acier et des lèvres minces d'où un sourire s'était un jour évadé, sans jamais avoir été repris.

La dépression réactionnelle de Bayard se traduisit par une radicalisation de sa maladresse naturelle et par une incroyable série de catastrophes qui faillit faire sombrer le laboratoire : destruction par la chaleur de la totalité d'une banque de gènes, décongélation brutale de nerfs importés des Etats-Unis, libération d'un couple de souris infectées par le bacille de la lèpre et enfin pulvérisation d'un microscope électronique par un rebord de fenêtre, ouverte sans douceur. Pour sauver son unité, Diset finit par se résoudre à réintégrer Bayard dans le service.

Ne lui ayant jamais pardonné, il rendit sa vie impossible, le rabrouant devant les malades, le ridiculisant au staff, l'envoyant consulter dans les plus lointains services de gériatrie, le recommandant pour les tâches les plus ingrates, autopsies, cours au personnel de nuit... Bayard acceptait tout, sa vie s'équilibrant entre les coups de ce père terrifiant et les consolations de sa consultation maternelle.

Finalement, la seule personne relativement préservée dans cette équipe était l'inimitable

Noé, consultant chez Diset. Un cas. Le seul homme réellement heureux que j'aie rencontré. Il était bien Noé, dans cette mare, têtard serein, en suspension à 37 degrés dans les staffs, gobant avec satisfaction le vasculaire condamné ou la tumeur perdue. C'était un mystère, ce garçon. Je ne savais pas ce que la médecine lui trouvait, pour l'aimer à ce point. Quel incroyable charme se cachait dans son âme pour qu'elle soit si douce avec lui, sirène amoureuse ne lui voulant aucun mal, offrant son chant, sans en faire payer le prix ? J'étais jaloux de sa béatitude.

Je crois qu'il avait réussi la transfiguration. Il avait complètement désincarné la médecine. Il avait congédié les malades, il ne recevait plus que les maladies. Les porteurs partaient faire un tour par discrétion, après avoir déposé leurs symptômes. La médecine restait seule dans son bureau, en sa compagnie, sans la foule des victimes gémissantes qui perturbait leurs relations amoureuses. La chose était devenue si naturelle pour lui qu'il était arrivé à la conclusion que les hommes ne tombaient pas malades. D'ailleurs il ne demandait pas « Comment va monsieur Untel ? », mais « Comment va ta SLA ou ta sclérose en plaques ? ». Le monde de Noé était celui de l'âge d'or. Les corps disparaissaient à sa frontière, même ceux des morts. Sa vie était peuplée d'éternels, ce qui expliquait son bonheur.

Au bout du compte, entre tous, je crois que je préférais Mifaget. Je lui avais conseillé plusieurs fois d'aller consulter en cardiologie pour sa mauvaise tachycardie. Ma sollicitude l'avait inquiété. Il y avait vu une manœuvre pour influencer Diset, en utilisant sa maladie de cœur qui barrait la route de son agrégation. Il avait si peu confiance en moi que je commençais à apprécier sa présence. Il me donnait du caractère et de l'ambition. Il me réconfortait avec sa méfiance. Une telle image de moi, comploteur sans foi ni loi, devait résonner avec quelque chose de dur, de solide que je n'avais jamais perçu mais dont il me démontrait l'existence. Je finis par entretenir ses doutes, par des silences riches de sens quand nous parlions de l'avenir, et des demi-sourires mystérieux dès que le mot « carrière » était prononcé. Je m'étais attaché à Mifaget. Entre le babillage de Bayard et la lévitation de Noé, je me sentais bien à ses côtés.

Il m'empoisonnait pourtant la vie. Lors des visites, il redevenait ce serpent venimeux, en tout point exécrable. Il tendait des pièges. Il me faisait présenter des patients qu'il suivait et dont il détournait les examens. Il me laissait patauger dans des démarches diagnostiques erronées et sortait, tout au bout de mon agonie, le scanner cérébral qui donnait la réponse. Un vrai frère.

Je n'arrivais pourtant pas à lui en vouloir. Des collègues avaient prévu des représailles contre lui, méchantes. Je ne m'y associais pas. Mes camarades pensaient avoir trouvé l'explication de ma tolérance, j'avais de la famille dans le Sud-Ouest. Nous étions compatriotes.

Le seul jour où il s'est souvenu de nos racines communes, c'est à l'occasion d'un vote pour une commission de service. Il était venu me rendre visite dans mon bureau, chaleureusement, m'appelant par mon prénom, roulant furieusement les r et me décrivant ses promenades enfantines sur le bord du gave ou sur le boulevard des Pyrénées. Je lui ai dit que je voterais pour lui.

Il menait une vraie campagne pour cette commission, faisant le tour des chefs, des assistants et des surveillantes, intriguant avec le directeur du personnel. Il s'était engagé sur tous les sujets à prendre des décisions radicalement opposées. Il était trop lisible.

Le jour du vote, il récolta deux voix, la sienne et la mienne. De cette dernière, il n'était pas très sûr. Il avait pointé sur son compte personnel les 5 voix de son élection, il y avait donc trois parjures. Après réflexion, il était quand même arrivé à la conclusion que cette voix m'appartenait. Je n'ai pas su pourquoi, sûrement pas par sympathie, on en était bien loin, peut-être pour le Béarn, où je n'avais jamais mis les pieds.

C'est très sérieux à l'hôpital, les origines communes. Elles constituent une force qui devient vite puissante, marquant les groupes. Elle ne dépend pas des individus. C'est un mode d'adaptation, un instinct grégaire qui va au plus simple pour réunir un clan. Pour avoir ma voix, Mifaget m'avait dit que nos liens étaient génétiques et que personne n'échappait aux lois de la génétique. Le libre arbitre était une illusion, puisque les rapports humains étaient sous leur dépendance. Il me parlait de Darwin et de l'hérédité des caractères sélectionnés par l'évolution. Mon vote était donc une conséquence indirecte des lois de Mendel. Je ne pouvais pas résister à notre amitié.

Moi, je n'y croyais pas autant que lui à la toute-puissance de la génétique. La démonstration que les groupes s'établissaient sur le chromosome de l'origine commune ne me paraissait pas faite. Je n'osais pas le lui dire, par crainte du sacrilège, mais je trouvais qu'on n'en héritait pas forcément de son Béarn familial. J'étais plutôt partisan de la transmission des caractères acquis. Le gène de Pau, je n'y croyais pas intimement, mais j'avais voté pour lui.

Les gens pourraient former des clans d'amis, il n'y aurait rien à dire, mais ils forment des clans de Béarnais. Ils favorisent les carrières des leurs, sans les connaître, sans les aimer, aux dépens des autres, par instinct. Cela renvoie à quelque chose de très ancien, d'utile au temps où différentes espèces d'hommes cohabitaient sur la terre. Ces espèces, par définition, n'étaient pas fertiles entre elles. Il fallait donc se regrouper entre Néandertaliens et Cro-Magnon pour la survie. Mon interprétation est que ces regroupements hospitaliers viennent de là, vieille séquelle de trente mille ans qui défie l'évolution. C'est surprenant, surtout dans un milieu scientifique, mais nombreux sont ceux qui prennent très au sérieux ces regroupements sélectifs. Des gens cultivés et intelligents, qui continuent à défendre l'idée des espèces humaines incroisables, qui n'ont pas intégré celle de l'espèce unique, qui ne croient pas en l'homo sapiens. Ça ne les rassure pas, ces révisionnistes, tous les hommes ensemble. Ils préfèrent les tribus, mais profondément dissociées, sans alliance possible. A l'hôpital, on ne pénètre pas les groupes auxquels on n'appartient pas.

Vous pouvez vous y faire des amis, être chaleureusement accueilli, vous sentir intégré. C'est faux. Si vous ne possédez pas votre quart de gène tribal, vous serez écarté lors des choix. A compétence égale, dans le meilleur des cas, vous passerez derrière.

Mifaget cherchait des Béarnais partout. Il y tenait beaucoup à la pluralité des espèces et à la génétique séparée. Moi, qui défendais la transmission affective, je croyais plutôt aux groupes qui partageaient des moments, des opinions, des sentiments, mais je dus admettre avec lui que ces groupes étaient beaucoup moins solides que ceux des espèces, qui tiennent dans les conflits alors que les autres se délitent.

Pour plaire à Diset, Mifaget consacrait son temps à dénoncer les bourdes de Bayard, en exagérant leurs conséquences. La fureur du patron était sa récompense, une complicité qu'il construisait sur le dos flagellé de son collègue martyrisé. En secret, il le poussait à élargir sa consultation et lui suggérait d'aller donner son avis en neurochirurgic. Bayard ne résistait pas au miel du malade inconnu. Il s'absentait donc de longues heures, errant de bloc en bloc, où personne ne lui demandait rien. Mifaget en profitait pour s'inquiéter de son absence auprès de Diset, qui déchaînait ses foudres sur son chef fugueur.

J'ai assisté à un de leurs dialogues. Mifaget s'arrangeait pour rencontrer le patron par hasard :

« Vous n'avez pas vu Bayard, monsieur ?

— Il doit être dans son bureau ou en salle.

— Non. La famille d'un patient hospitalisé demande à le voir, mais on ne le trouve pas.

— Quelle heure est-il ?

— 18 heures, monsieur.

— Vous avez essayé aux urgences ?

— Oui, il n'y avait pas de malade neurologique à voir.

— Son bip ?

— Je n'ai pas encore appelé, je pensais qu'il était avec vous.

— Je vais l'appeler moi-même.

— C'est inutile, je vais recevoir la famille, je connais le patient.

— Ce n'est pas votre rôle. A 18 heures, il est inadmissible qu'un chef ne soit pas joignable. Quel est son numéro de bip ?

— 13 60, monsieur. »

Je me sentais parfois de trop dans cette grande famille du service. Les autres enfants avaient l'air de trouver leur équilibre dans leur quotidien de disputes et de réconciliations. Je manquais d'amour. Diset était peu affectueux et la seule présence féminine du service en dehors des infirmières lointaines était madame Blizzard, qui incarnait un idéal maternel non freudien, où l'inconscient ne contenait rien d'inavouable. Elle ne jouait pas son rôle. J'étais un enfant abandonné.

Il est très difficile de résister à la régression hospitalière. Je me surprenais. Mon immaturité s'aggravait tous les jours. Je passais mon temps à attendre un compliment. Je ne pouvais pas m'en empêcher. Je n'osais pas en parler à mes proches. J'avais honte. Je luttais contre cette fausse enfance. Je ne reconnaissais rien dans cette image déformée que les miroirs de l'hôpital renvoyaient d'elle. Elle manquait de fraîcheur, de pureté. Nous n'étions que des adultes nains dans ce carnaval en blouse. L'image était celle de la médecine sur nous, celle qu'elle imposait par la peur. Ce recul psychanalytique sur le grand divan de l'hôpital était trop collectif pour que je me sente personnellement coupable, mais je ne m'épanouissais pas. J'ai mis du temps à reprendre ma croissance.

Les autres s'attachaient à la fausse enfance hospitalière, beaucoup plus dépendante que la vraie, sans le moindre espace de liberté. C'était peut-être la seule solution pour vivre bien en médecine. Renaître en blouse. Ils étaient tous prêts à la revivre, leur enfance, en plus mal, mais sous protection, à la transformer, à la sacrifier. Je ne sais pas comment ils pouvaient la juger. En médecin. Ils la considéraient perdue, au-delà de toute ressource thérapeutique, trop malade, trop affaiblie. Ils la traitaient comme une morte.

L'enfance, je ne la vois pas en médecin. Je la vois vivante, accessible, facile à comprendre, dialogante. Je la vois comme une éolienne, qui n'a besoin de rien pour produire sa belle énergie, d'air, de vent.

Une fois par mois, Diset réunissait sa sinistre famille pour la cérémonie des dissections, chez les anatomistes de l'hôpital. Les séances de coupe mensuelles, je les avais en horreur. Les cerveaux sont mous, spongieux, glissent dans les gants, deviennent ridicules. Les gens se serrent les uns contre les autres pour apercevoir la petite lésion noirâtre qu'un doigt couvert et sale désigne doctement. On s'agglutine sur cette matière pleine de formol. Les odeurs se mélangent, celles des vivants et celles des morts. Les étudiants poussent derrière pour essayer d'entrevoir quelque chose, les cerveaux défilent et terminent tous ensemble, en bouts éparpillés, au fond du bac. Il y a toujours des ricanements, une sorte d'excitation vulgaire... Un véritable écœurement.

Le seul qui prenait du plaisir lors des séances de coupe, c'était bien sûr le cher Noé. Il était chez lui, dans ce riant congélateur de la salle de dissection. Il attendait avec impatience la séance divertissante, sa soupape du mois. Il ne manquait pas, la veille, de me rappeler la bonne blague, avec un air complice : « Attention demain, séance de coupe... » On sentait que l'ambiance de sa soirée allait bénéficier de cette joyeuse perspective. Il était rayonnant Noé, dès 7 heures. On savait qu'il avait bien dormi. Il était toujours aux premières loges, au plus près de la table, et serviable, proposant d'aider à l'installation des pièces, ne renâclant jamais à saisir à pleines mains les belles coupes, pour ne pas rater un détail, les lunettes sur les noyaux gris, le nez dans les ventricules. Il se tortillait d'impatience sur sa chaise, tournait autour de la table pour changer les points de vue, jamais en repos, un vrai ludion. Quand on arrivait au cerveau d'un patient qu'il avait suivi, il esquissait un sourire. On sentait qu'il avait longtemps attendu ce moment, qu'il avait dû lui reprocher secrètement d'avoir gardé si longtemps son mystère. Il aimait les solutions. Il ne supportait pas le diagnostic en suspens. La salle d'anatomie participait à sa sérénité. Il y donnait des rendez-vous. Les malades n'échappaient pas à sa bonne humeur.

Les mois sont passés comme ça, dans ce petit monde défendu. Je m'y suis fait. J'ai hiberné à la Vadas. J'ai réduit de moitié mon métabolisme. J'ai gelé mes désirs, mes distractions. J'ai tout ralenti. J'ai atténué les contrastes entre ma vie professionnelle et personnelle, sans les confondre. J'ai survécu en avançant doucement et en parlant peu.

Un jour au staff, Mifaget est resté silencieux. Je l'ai vu attraper sa pâleur de crise, mais durable cette fois-ci, forte, avec des sueurs. Il a glissé de sa chaise, sans faire de bruit, et personne ne s'en est rendu compte au début. Un interne présentait un dossier radiologique, les lampes étaient éteintes. Au retour de la lumière, il ne respirait plus. J'ai bien essayé de le réanimer Mifaget, à grands coups de massage cardiaque, de massage de son cœur. J'y ai mis de l'énergie, de la volonté, j'y ai mis tout ce que je pouvais. Je l'ai même embrassé sur la bouche. Il n'a pas voulu de mon air. Je pense que c'est l'air de Diset qu'il aurait fallu, mais lui n'avait pas la fibre réanimatrice. Il était parti les chercher justement, les réanimateurs. Son départ n'avait pas arrangé les choses.

Il est mort comme tout le monde Mifaget, comme un malade, par à-coups, en convulsant sur la fin. Je l'ai massé trop longtemps. J'ai cassé ses côtes et son sternum. Le réanimateur m'a arrêté.

J'ai aidé à son intubation, aux perfusions, aux chocs électriques. J'ai même lancé une larme sur son thorax, pour voir. Ça ne l'a pas réveillé le médecin mort. Je n'ai rien pu faire. C'est ma triste devise, de médecin et d'homme.

Dans sa blouse déployée, il faisait penser à une mouette, à une corneille blanche. C'est d'ailleurs à cela qu'on ressemblait tous autour de lui, des corneilles blanches, des oiseaux de cimetière déguisés comme pour un mariage ou un baptême. Silencieux autour de son corps, chacun restait dans son jeu. La tristesse était feinte.

Ils montraient, ces gens si jeunes qui ne compatissaient pas, à quel point la médecine les avait abîmés et comme elle avait mal conduit son troupeau, loin, en exil des sentiments, de la simplicité, de la tendresse.

Il n'a pas eu droit à un peu de générosité. Mifaget, mais nous non plus. Il y avait des choses mortes qui nous appartenaient autour de lui et qu'on traitait avec autant d'indifférence. Deux infirmiers vinrent chercher son corps, et le reste aussi.

Après, je crois que nous n'avons plus parlé dans le service, ou bien vraiment très peu. J'ai quitté mon clinicat sans rien dire. J'ai serré la main de Diset. C'est tout.

Dans le privé, « en ville », il faut s'exprimer. Le dialogue est une condition nécessaire. J'ai fait des efforts immenses. J'ai trouvé un cabinet, près de la rue des Ecoles, à Paris. L'adresse m'allait bien. Je me sentais encore étudiant en posant ma plaque. J'avais perdu la conscience du temps écoulé. La médecine était une parenthèse de quinze ans. Je n'avais pas quitté mon point de départ. J'avais croisé des événements et des gens, avec si peu de participation que ce passé ne semblait pas m'appartenir. Mais j'avais 35 ans. C'était une surprise. Je me rassurais en me disant que l'heure de la récupération était arrivée et que j'allais cueillir les fruits de mon labeur.

En ville, je redevenais un maillon de la chaîne. J'avais l'hôpital à proposer en cas d'impasse. J'allais pouvoir mieux guider mon angoisse, ma plante grimpante d'intérieur qui avait prospéré pendant mes années publiques, qui avait pris volume, éclat et confiance. Elle était sereine, imperméable au doute. Je l'avais tellement gavée qu'elle avait accumulé des réserves immenses. Elle pouvait tenir le siège le plus sévère, le siège de plusieurs vies. Il valait mieux essayer de traiter avec elle.

Je travaillais une ou deux matinées par semaine à l'hôpital, occupant le poste bien nommé d'attaché, qui montrait que c'était pieds et poings liés que l'on retournait dans les services, ligoté. J'y allais par intérêt évidemment, pour que mes anciens collègues pensent à m'envoyer des patients.

L'après-midi, je recevais chez moi. Je m'alcoolisais beaucoup pour mes consultations. Je tolérais très bien l'ivresse, l'apparence était sauve. L'alcool permet d'être là sans y être. On n'insistera jamais assez sur ses bienfaits. Moi, le vin m'a sauvé de toutes ces histoires que je n'ai pas retenues, de tous ces visages rendus flous. La médecine m'en a fait avaler des litres. J'ai noyé mes consultations pour me protéger de mes malades. J'ai voyagé hors de leurs plaintes, sans leur souffrance, hors de leur pesanteur, assez légèrement, dans un monde à gravité faible.

Les dangers de l'alcool au volant ne doivent pas être extrapolés à la consultation médicale. Tous les effets délétères sont bénéfiques dans cette situation, diminution de la vigilance, perte de la notion du temps et de l'espace, euphorie, désinhibition. Il n'y a que la vision double ou diplopie qui n'est pas souhaitable. Après tant d'efforts pour les faire disparaître, voir deux malades au lieu d'un serait un résultat décourageant.

Fort de mon expérience, j'ai essayé de réduire l'interface, en limitant les échanges, en préférant à la froideur, peu rentable dans le privé, une gentillesse neutre, passive, végétale. Je m'efforçais de devenir une rose, d'un type particulier, une rose du Bengale, qu'on dit sans épines et sans parfum. Elle n'est faite que pour le regard de loin, inutile de s'approcher. J'étais pourtant un médecin sympathique. J'écoutais avec le sourire et sans impatience dans mon brouillard. Je ne traitais pas mal mes patients. Ils se servaient comme à l'étal d'un marché pendant une demi-heure, pas une minute de plus. Je ne leur donnais rien, je n'avais pas à faire d'effort, ils choisissaient à leur guise, gentillesse, écoute, ce qu'ils voulaient. L'essentiel était d'éviter tout mouvement vers eux. J'écartais mes impulsions naturelles. Je laissais les sentiments filer avec les minutes, dans la brèche de mon alcoolémie.

J'avais bien individualisé les composantes de ma vulnérabilité et les dangers qui la menaçaient. D'abord, l'arrivée du malade inconnu et le contact à établir. Je ne faisais pas remplir sa fiche par la secrétaire. Je demandais le nom, l'âge et l'adresse. L'âge particulièrement me plaçait en position de force, donnée que l'adversaire n'a pas sur vous. Il ne faut pas demander la date de naissance qui ne fait pas entrer dans l'intimité. Elle vous est récitée par automatisme, comme un numéro de Sécurité sociale. L'âge est une prise. Avec ces trois informations, vous avez un bon aperçu de la nature des gens qui viennent vous voir, à la condition que ce soit le patient lui-même qui vous les livre. La voix est essentielle, transparente. Quand vous le tenez par son âge et par sa voix, le dialogue devient plus simple. Vous vous sentez moins menacé.

Le premier écueil de la prise de contact passé, le piège essentiel de la consultation est la diffluence, « l'absence d'axe thématique précis », défaut majeur du malade commun. Tous ont tendance à sortir de leurs symptômes, à les élargir, à les fondre dans la foule de leurs plaintes présentes et anciennes.

Le patient idéal est bref, précis, peu malade, décrivant des signes que vous connaissez bien, strictement limités à votre spécialité, confiant dans votre compétence et reconnaissant par anticipation. C'est le mélange des genres qui rend ce métier difficile. Cette demande affective de ces adultes en régression, baignant dans l'eau de jouvence de la maladie qui les recrée enfants, magiquement, enfants fiévreux... Ils ne viennent pas seulement pour un traitement, mais pour une confession qui nous rend incompétents. Ils nous confondent avec une mère ou un conjoint si notre écoute est tendre, sinon avec un prêtre.

Ils me manquent, nos hommes d'Eglise. Le monde est devenu si agressivement laïque qu'aucun d'eux n'oserait venir prêcher aujourd'hui dans nos salles d'attente pour récupérer les brebis égarées, où elles se réfugient pourtant.

Certains pensent que la médecine devrait être globale, et que l'hyperspécialisation est un mal. Une maladie ne pourrait pas être abordée sans le malade tout entier. Il y a une psychanalyse de la tumeur. Il faut rééquilibrer l'ensemble du corps devenu bancal, chercher des causes, des fausses notes dans la grande harmonie du vivant. On chasse dans le vaste terrain de l'hygiène de vie, mauvaise alimentation, mauvais sommeil, toxiques cachés ou dans celui de l'âme. Le médecin doit pénétrer la surface du patient pour le guérir, aller au-delà de sa moelle épinière malade.

Je ne sais pas s'il faut vraiment voir un patient dans sa globalité. Qui en est capable ? C'est une séquelle de la médecine antique, de Galien et de ses humeurs, modernisée par la psychanalyse. La maladie n'est pas une réalité en elle-même, mais un signal. En s'y arrêtant, on ne traite qu'une ombre. La cause est à chercher dans la rupture d'un accord, au sein ou à l'extérieur du malade, avec les astres, les climats, les dieux. Je ne crois pas à ces théories. Elles aboutissent toujours à l'idée d'une faute et d'une punition. Elles sont trop responsabilisantes. On chute de l'Eden à la terre et de la terre à la maladie. On tient à l'idée d'un Dieu juste, d'une Nature morale. Le malade innocent est une menace. Son rôle de coupable permet de soumettre la maladie à la grâce, d'ouvrir le droit à un pardon possible comme pour tout châtiment.

Je ne recherche plus le pourquoi de la mauvaise santé. J'ai vu trop de gens malades pour croire à un plan. Les chercheurs de causes aimeraient bien faire des groupes, avec des élus, à belle hygiène, à passé propre. Pourquoi pas des gens bons, au sourire éclatant, continents et heureux, qui passeraient au travers ?

J'en ai vu tellement, des grands sourires cassés par la SLA ou les glioblastomes, des malades transparents et purs. Que cachaient-ils ?

Il faut donc une maladie générale, métastasée, pour comprendre le symptôme. L'organisme doit être aussi malade que l'organe. C'est l'être en entier qui répond de sa faute. Or, on meurt globalement en assez bonne santé, avec beaucoup plus de systèmes sains que déficients. On meurt du cœur, des poumons, du ventre... C'est d'ailleurs pour cette raison que je crois à une vie après la mort, parce que la nature a horreur du gâchis. Trop de choses réutilisables, trop de récupération possible dans un corps posthume pour le laisser disparaître. Je ne veux donc surtout pas qu'on me brûle, pour être encore réparable, disponible au réemploi.

Il y a quelque chose derrière les maladies, les médecins le sentent, mais où chercher dans l'invisible ?

Certains jours, je crois aux chagrins, aux grands chagrins d'enfance, qui ne rentrent pas dans les cases de la psychiatrie, aux chagrins d'amour, c'est tout. A la fin, on meurt du cœur.

En consultation, ce n'est pas mon rôle de chercher le sens caché des maux. J'ai assez à faire avec la partie visible. Je réduis donc au maximum mon champ d'observation. En pratique, j'écoute le patient, j'essaie de l'interrompre le plus possible avec des questions précises qui rendent la consultation technique, purement médicale. Ma règle absolue est de ne jamais créer de lien. Je m'efforce d'être le plus lisse possible, une paroi à 90 degrés, savonnée tous les soirs, pour que les malades glissent. Ils dépensent des trésors d'ingéniosité pour résister à la chute. Ils trouvent la minuscule fissure où placer un orteil, la fixation oubliée dont on se ressert, la petite branche pour s'accrocher. Ils sont prêts à tout pour ne pas sortir du cabinet. Le besoin d'être rassuré est une force puissante de la nature, avec l'instinct de survie et la gravitation.

Les patients viennent chercher des mots. C'est cela qu'ils admirent et qu'ils respectent, pas du tout celui qui les prononce, car s'il se tait, ils s'en vont. Ils vous prouvent par là que ce n'est pas vous qu'ils viennent voir. Ils viennent voir vos mots. Ils viennent consulter vos mots. J'ai essayé deux ou trois fois de ne rien dire, pour l'expérience. Cela n'a pas été concluant. Les malades n'aiment pas le silence. Il faut avoir des réserves de phrases dans ses bagages, n'importe lesquelles, des banales, des évidentes, des automatiques. Et même ces phrases que vous avez prononcées cent fois, que vous n'osez presque plus montrer ou alors vite, en cachette, tant elles vous font honte. Celles qui vous paraissent usées, laides, vieilles, qui ne devraient vous attirer que du mépris. Vous vous trompez. Les malades savent les transformer, les rajeunir. Grâce à eux, elles se libèrent de votre poids, de vos doutes, des sédiments qui les recouvrent. Grâce aux malades, elles vous montrent qu'elles n'ont pas perdu leur séduction, que leur vieillesse, finalement, c'est vous.

Ces phrases, j'en ai beaucoup. Elles disent toutes la même chose : « ça va aller mieux », « vous allez vous améliorer », « il y a déjà une petite récupération », « je vous trouve plus... ». Vous pouvez les répéter en changeant l'ordre, les patients auront toujours le sentiment de la nouveauté. Ils découvrent les mots, comme un trésor. Sésame, parle-moi. Ils les butinent, ces abeilles. Ils veulent en faire du miel, des réserves pour l'hiver. Ils vous entraînent, vous poussent à leur en donner aussi quelques-uns de précieux, de complexes, pour que le miel soit d'une qualité rare. On en revient alors au vocabulaire médical, ce nectar.

Le médecin est une fleur.

Dans la vie aussi, on vient pêcher des mots. On ne vit pas sans. Ils doivent avoir une influence sur le corps, une action thérapeutique, comme certaines vitamines dont on ne peut pas se passer. Pas seulement sur le psychisme, ce brouillard, mais sur la cellule, sur les molécules, un effet matériel, mesurable. Ils ne restent pas en surface. Ils pénètrent, agissent, transforment les choses.

Les patients ont souvent trouvé les responsables de leur maladie. Ils savent bien, quoi que vous en pensiez, qu'une sclérose en plaques ne vient pas par hasard. Ils ne vous reprochent pas de ne pas connaître leurs causes intimes. Elles dépassent la science. Ils l'acceptent volontiers pour une fois. Pour eux, l'angoisse est la mère de leurs symptômes. Les chocs affectifs, les désillusions, les désenchantements, non comme ils les ont vécus, mais comme ils se les disent. En fait, ce sont des mots. Des mots assez puissants pour détruire des cellules nerveuses, former des grandes zones inflammatoires dans le creveau et la moelle épinière qu'on peut voir comme des taches brillantes sur les clichés de résonance magnétique.

Je crois tellement à la force des mots que j'arrive à écouter les patients quand ils me parlent des causes de leur maladie. On ne vous apprend pas cela à la faculté. On sourit entre médecins de leur histoire de famille qui s'est compliquée d'une septicémie, de l'embolie du divorce, la phlébite de la veuve, l'hémiplégie du chômeur. Les gens malheureux seraient plus malades que les gens heureux. Allez savoir.

Je n'ose pas trop le dire, mais j'y crois un peu aux causes des maladies selon les malades. Avec mes collègues, je fais celui qui n'est pas dupe. Je donne dans la condescendance, mais dans le fond, je le sais bien moi, pour avoir écouté tant d'histoires, qu'il y a des choses troublantes qui ne s'expliquent pas. Le malade ne tient d'ailleurs pas à ce que vous alliez forcément dans son sens. Il a ses convictions. Il ne vous demande rien là-dessus. Ça le rendrait presque méfiant, votre intérêt pour la question.

En neurologie, on ne connaît pas l'origine des maladies et on ne sait pas les soigner. C'est une spécialité particulière. Il faut savoir parler, sinon il ne reste plus grand-chose pour la consultation.

Il faut la remplir, la faire durer. C'est un problème de chaque jour. Ça ne sert à rien de jeter des coups d'œil réguliers à sa montre, ils ne font pas avancer le temps, ni pour le patient, ni pour soi. Je la retire tous les matins, pour ne pas être tenté, mais je l'ai dans la tête, une pendule de campagne qui sonne toutes les minutes. C'est assourdissant quand on se tait.

Il y a différents moyens en consultation pour perdre sa concentration, se laisser bercer par son horloge intérieure n'est pas le plus dangereux. Le vrai péril vient du malade.

Il y a celui qui a réussi à vous convaincre qu'il n'avait rien. Son charme a opéré et vous avez retenu le diagnostic de migraine, pour son anévrisme qui se fissure. Il a bien précisé que ses maux de tête étaient anciens, que ses parents, eux aussi, souffraient de migraines et que le traitement que vous lui avez donné le soulageait. Il est satisfait. Il faut le laisser partir. Il sort son carnet de chèques avant même que vous ne l'examiniez, pour vous quitter vite et vous empêcher de trop vous appesantir sur son cas.

En miroir, déconcentration dangereuse pour l'autre patient qui doute de son diagnostic de migraine, qui consulte avec panique. Sa peur vous contraint à la négligence. Il vous impose le devoir de le rassurer avant celui de le sauver. Vous ne voulez plus envisager ce minuscule risque d'anévrisme à éliminer, qu'il faudrait aller chercher au bout d'examens multiplicateurs d'angoisse, que vous devriez quand même réaliser, pour vous.

Déconcentration, cette lassitude qui vous prend, qui est le pire danger, qui augmente la taille des tâches à accomplir, qui amplifie le poids du coup de téléphone à passer pour obtenir l'IRM plus vite, pour faire hospitaliser, le jour même, votre suspicion d'hémorragie méningée, sans attendre, en refusant tout délai, même celui du lendemain, parce qu'il n'y a pas de place, pas de lit, pas de personnel... Cette fatigue qui vous empêche de dire non, d'aller jusqu'au bout de votre crainte, de la vider comme un abcès, contre ces montagnes de refus, de paresse, de résistance à l'urgence.

Cette lassitude, chez les moines, s'appelle l'acedia. C'est une paralysie du cœur, une épreuve plus dure que toutes les tentations, une paralysie du désir qui conduit à un état d'épuisement que le repos ne soulage pas. Le moine cesse peu à peu toutes ses activités, ne lit plus, ne travaille plus, ne se rend plus aux offices. L'affection de ses frères est inutile. Les menaces des pères sont sans effet. Il reste dans sa cellule, s'étend sur son lit et cesse de se nourrir. Rien ni personne ne peut changer les choses. Le seul traitement de l'acedia est de renvoyer le moine du monastère, le rendre au monde.

C'est l'acedia du médecin le pire danger pour le malade.

Les premiers symptômes sont insidieux. L'installation des troubles se fait lentement, sur plusieurs années. Evocatrice du diagnostic, leur expression limitée au temps de votre activité professionnelle, le contraste entre une vie personnelle fluide et une difficulté de plus en plus grande à agir dans le cadre de votre cabinet ou de l'hôpital. Lenteur au réveil, les jours de semaine, avec effort excessif pour la mise en route. Retards systématiques à l'ouverture des consultations. Pesanteur physique ressentie derrière le bureau, bras lourds, tension musculaire cervicale, tendance à la flexion de la nuque et aux bâillements. Impression de temps dilaté contrastant avec un sentiment inverse de fugacité pour les instants loin des malades. Hyperémotivité, doute morbide pour la moindre décision prise, y compris la prescription homéopathique. Mise en boucle. Phobie du téléphone et du courrier. Tendance à diriger sur les confrères. Sentiment de gêne non fixée, diffuse, qui cède à la sortie du cabinet, lieu hanté. Tristesse enfin, particulière. Le temps vient où le médecin cherche un malade qui le console. C'est l'incubation de l'acedia. J'en suis là.

Finalement, j'ai réalisé que l'exercice privé était plus menaçant pour l'équilibre mental que la vie hospitalière. L'urgence est feutrée, perfidement cachée sous l'apparence rassurante du patient ambulatoire qui a pris son rendez-vous quelques semaines plus tôt. Il vient tranquillement, sur ses jambes, en habit de ville, vous raconter son histoire, pleine de menaces dont il n'a pas conscience. Je pensais éviter les urgences dans mon cabinet, je n'en connaissais qu'une espèce, les bruyantes, les colorées. J'ignorais les plus dangereuses. Celles qui ne se mesurent pas au temps, qui ne le prennent pas de face, qui coulent avec, sans impatience, grises, silencieuses, tapies derrière les crânes des patients de ville. Les urgences indiennes, comme au cinéma, qui tendent des embuscades, qui tirent des flèches de nulle part, de perfides urgences à peau rouge, qui vous attaquent la nuit, pour scalper vos diagnostics.

Je me suis surpris à regretter mes journées de salle, mes consultations en blouse, à ne plus avoir que l'horrible souvenir de mes gardes pour résister à la nostalgie hospitalière.

J'avais pourtant bien commencé mon installation.

Le premier jour, je n'avais qu'un seul rendez-vous. Avec moi-même.

Je me suis senti très à l'aise dans ce rôle de médecin sans malade. J'avais réduit mes frais, pris un cabinet de petite surface qui ressemblait à un placard vidé de ses vêtements, mais avec une fenêtre qui laissait entrer un peu de lumière, ma seule compagnie.

Je n'avais pas de secrétaire, le téléphone ne sonnait pas. J'étais seul, intrigué par un rythme professionnel que je ne pouvais même pas comparer à celui de mes vacances psychiatriques. Il ne se passait rien.

Après une première période de perception très positive de mon inactivité journalière, je sentis monter, au bout de deux semaines de repos intégral, une inquiétude, active elle, surchargée, et de plus en plus à mesure que nous approchions des échéances mensuelles. J'avais quitté la famille hospitalière sans faire le deuil de ses feuilles de paye, maigres mais régulières.

Il a fallu que je sorte de mon ermitage.

Il est conseillé de faire le tour des généralistes, avant une installation, puis le tour des pharmacies, des laboratoires, des centres de radiologie. Je n'avais pas tourné. J'avais pensé que les choses se feraient doucement, sans avoir à brusquer ma timidité et ma paresse. Les choses ne se faisaient pas. Je connaissais quelques confrères que je pouvais visiter, en sauvant les apparences, avec un vernis d'amitié, mais il était plus facile de voir les inconnus, en prenant rendez-vous pour une présentation froide, sans jouer la comédie de l'intimité.

On ne parle pas intimement entre médecins correspondants. Il faut conserver du prestige. J'étais obligé d'avouer que mes affaires n'étaient pas flamboyantes. Ma sincérité me rendait médiocre. Il fallait d'après les conseils des connaisseurs paraître sympathique sans en faire trop, demander sans supplier, avoir l'air détaché sans condescendance. Il était indiqué de critiquer d'emblée le monde hospitalier, étape nécessaire pour l'admission dans le camp libéral.

Je les rencontrais quotidiennement, au début, en me motivant, pour dévoiler mes charmes et orienter leurs malades vers mon cabinet. Les résultats étaient décevants. Je faisais pourtant des efforts méritoires. Tous les jours entre 18 et 20 heures, laissant ma fierté garder le cabinet désert, j'allais au rendez-vous de présentation, inquiet comme pour une audition.

Mes confrères m'enseignaient l'humilité. J'attendais souvent une heure dans leur salle d'attente bondée de malades, espèce en voie de non-apparition pour moi, dont le nombre chez eux me narguait sans compassion. J'étais reçu assez sèchement le plus souvent. Je donnais mon nom, ma spécialité, mes titres et mon adresse. Je montrais de l'enthousiasme, pour donner l'image d'un correspondant motivé. Je les ennuyais, c'était visible. Plus tard, je déposais ma carte de visite sur le bureau, en leur tendant une main chaleureuse, avant de m'enfuir.

J'ai rencontré des gentils, des médecins de campagne à Paris, débordés et heureux, impénétrables pour moi. Des méfiants qui craignaient la concurrence. Des serviables, les pires, qui promettaient leur aide en me parlant comme à un malade. Des dépressifs qui ne disaient rien, en qui je lisais mon avenir.

J'ai élargi mon territoire de chasse. J'ai tout subi. Associations, enseignements post-universitaires, dîners de laboratoire. J'ai passé des heures à distribuer des cartes, au bout de conversations maigres et tristes. Je prenais des résolutions avant de partir aux dîners. J'étais gai. Je me répétais cette phrase, jusqu'aux portes du restaurant, jusqu'à la grande table bruyante cernée par mes collègues inconnus, jusqu'à ma place vide entre deux voisins au sourire de cire. Un vent glacé de sinistrose dispersait ma gaieté et me précipitait dans la raideur et le silence. Je faisais tout mon possible pour en sortir. Je parlais du temps. J'abordais des questions politiques et des problèmes de société, toujours conciliant. J'ai cédé sur tous les sujets en baissant ma voix pour me trahir, pour ne pas entendre trop clairement mes mensonges. Je cherchais les opinions des autres. Je les empruntais, le temps d'une conversation, avant de les rendre.

Je n'arrivais pas à me livrer, à m'individualiser. Je sentais que je ne marquais pas les mémoires. Sans personnalité, je restais avec la foule des médecins dérivant dans ces repas d'intérêt dont on récupère les notes, à la fin, pour les déductions fiscales.

Nous nous retrouvions un peu honteusement, près du vestiaire, notre fiche à la main, souriants et impatients de nous quitter. Notre équipage médiocre tanguait entre Charybde et Scylla, du gouffre des banalités et des convenances au monstre de l'amabilité hypocrite, sur fond d'indifférence profonde.

Mon organisme ne suivait pas. Il exprimait son désaccord avec ma couardise, sous forme d'accès de sueurs profuses qui recouvraient mon visage de traître.

J'étais gai.

On me conseilla les sectes, les regroupements de Béarnais. On me proposa les francs-maçons, comme il est de coutume dans les professions libérales. Il y avait donc moyen de s'en sortir, mais collectivement, pas tout seul. C'était un obstacle dans mon cas personnel. J'aurais souhaité un groupe où l'on était seul. A part les trappistes, qui proposaient une existence difficilement conciliable avec beaucoup d'aspects de ma vie intime, je ne voyais personne pour me recueillir.

Je luttais sincèrement contre mon instinct d'isolement. Je multipliais les rencontres. Humainement, je me suis enrichi. J'ai pu étudier les traits de personnalité les plus souvent représentés parmi mes collègues et dresser une analyse statistique précise sur un vaste échantillon.

Les maniaques sont les plus nombreux. L'humeur est chaleureuse, extravertie, génère des réactions immédiates de sympathie. L'homme est énergique, peu économe de son temps, qu'il sacrifie volontiers pour converser avec un débit rapide, sur à peu près tous les sujets. Ces personnalités cycloïdes alternent typiquement les accès d'excitation et les phases d'abattement, que l'on finit par espérer lorsque l'on vit à leurs côtés. Pourtant, assez nombreux sont ceux qui prolongent de manière linéaire leur euphorie. Ce sont ces médecins qui ont soif de médecine, qui boivent leur consultation de quarante malades par jour, leurs urgences de la nuit, qui dès le matin se précipitent vers le soir, dans une glissade incontrôlée. Ils parlent vite, marchent vite, soignent vite. Ils sont souvent très stimulés par le café ou l'alcool, ou par un besoin qui les pousse à courir ce marathon sans arrivée.

Très aimés de leurs malades, leur disponibilité remplace souvent leur compétence. Ils ne gagnent pas toujours à être mieux connus. Ils perdent de leur charme à la deuxième rencontre. Vous comprenez qu'ils sont assez circulaires dans leur fonctionnement, tournant autour d'eux-mêmes, en vous croisant sans dévier de leur périmètre. Pour avoir l'impression qu'ils s'arrêtent sur votre personne, il faut courir avec eux.

Les mêmes personnalités se cachent sous des apparences différentes, les médecins dévoués, à l'air calme, à l'allure pastorale, qui suivent sérieusement leur chemin altruiste, sans humour déplacé, sans humour du tout, qui attirent toujours les mêmes adjectifs, « bien » ou « bon ». Des types bien, de bons docteurs... Ils paraissent aux antipodes de la personnalité cycloïde. Ils sont doux, lents, à l'écoute, mais ce sont des maniaques, comme les autres. Ils cachent leur euphorie stérile sous des épaisseurs de self-control. Ils verrouillent leur humeur exaltée et dépensière, mais ce sont les mêmes. Toujours sur la brèche, barbotant dans l'humanité, la gourde de la vocation remplie, courant eux aussi, mais après les autres, essayant de les rattraper, de se coller aux malades, lascivement. Ils s'agitent sous leur calme apparent, excités par leur prurit, le besoin de se sentir utile. Utile, donc heureux. Ils ont résolu l'équation, mais pourquoi courent-ils ?

En réalité, ils ne veulent pas étancher leur soif d'utilité. Ils sont dans le désir jusqu'au cou, dans le fantasme de l'autre. Ils ne souhaitent pas vraiment l'atteindre. Ils veulent rester à sa poursuite. Quand ils le rejoignent, ils se disent qu'ils se sont trompés d'individu et partent renifler une autre piste, une autre consultation. Ce désir à dissiper dans l'action, incapable d'être médité, d'être calmement vécu, est un désir maniaque. Les coureurs pensent avancer vers lui, en réalité leur désir est derrière. Il les pousse, ils ne peuvent pas l'atteindre, ils le cherchent désespérément.

C'est difficile d'avoir vraiment envie d'aider quelqu'un, en sentant le mouvement partir de soi, sans poussée, sans aspiration, mouvement simple. Il ne faut pas chercher le détachement qui ne sert pas en médecine, ni le sacrifice. Un don suffirait. Personne n'y parvient.

C'est donc ce qu'elle fait de nous, la médecine, quelle que soit notre personnalité de départ. Des maniaques. Elle nous force à élever notre humeur artificiellement pour trouver l'énergie nécessaire à la supporter. Vous ignorez qu'il faudra le payer votre long accès d'excitation, un jour ou l'autre, par une mélancolie durable, pour rétablir l'équilibre.

Les seuls qui se sortent de ce piège bipolaire sont les cyniques, qui sont en médecine pour des raisons précises, ce qui les oppose à la majorité de leurs confrères qui ne savent pas ce qu'ils y font.

Le pire de ceux que j'ai rencontrés était un nommé Cambillard, un concurrent. Son obsession dans la vie n'était pas le malade, mais le client. Il avait résolu le problème métaphysique posé par la médecine grâce à un diplôme de gestion financière, obtenu presque en même temps que son doctorat. Il était peu compétent et franchement méprisé par la plupart de ses confrères. Il n'avait laissé aucun souvenir particulier à l'hôpital où il était brièvement passé. On ne voyait jamais ses malades dans les grands services parisiens. Il vivait en marge et très confortablement. De la clientèle, il en avait, beaucoup, des gens qui payaient plus cher qu'ailleurs, étaient moins bien soignés, mais qui lui vouaient une forme d'admiration confiante, inexplicable.

Ses patients étaient persuadés d'avoir affaire au meilleur, neurologue élu, assez aimable d'accepter leur humble participation à son train de vie princier. Il y avait beaucoup de médecins comme lui, installés dans des quartiers adaptés, qui se sacraient eux-mêmes rois de leur spécialité, assez talentueux pour convaincre les malades de leur onction divine. Ils créaient des sectes autour d'eux, solidarisées par l'animosité qui les entourait. Leurs disciples étaient des fidèles actifs, prêts au prosélytisme le plus performant.

C'est étrange, ces réputations, ces rumeurs qui courent autour de certains médecins, de certaines cliniques où ne vont que certaines catégories de gens, toujours plus mal soignés qu'ailleurs mais contents, rassurés par l'argent dépensé et le maintien dans leur groupe.

En ce qui me concerne, l'argent m'a toujours intéressé. Beaucoup. Ça a été un problème en médecine, ce goût pour l'argent. D'ailleurs, s'il n'y avait pas d'argent au bout, je n'y serais pas. J'ai toujours pensé qu'on ne m'en donnait pas assez pour ce que je faisais et aussi qu'on en donnait trop à Cambillard. J'étais plus compétent que lui et ses frères de portefeuille. J'étais resté plus longtemps à l'hôpital et j'avais travaillé plus. Aucun mystère. On ne me payait pas au début de mon temps hospitalier, ou très peu. C'est ce mauvais départ qui coûte si cher à la médecine, après. Nos politiques devraient réfléchir à cela. Les économies sur le dos des internes sont une catastrophe pour les dépenses de santé. Le jeune médecin fait les choses les plus difficiles. Il traverse des situations que personne n'accepterait de vivre sans être très largement dédommagé. Il sacrifie du temps et de l'énergie et enfin des illusions.

Tout le monde les perd un jour, mais elles mettent bien plus longtemps à disparaître chez les autres, les non-médecins. Ces illusions ont un prix. On ne les compte jamais. Elles rapportent beaucoup à ceux qui les conservent. Elles les protègent. Elles leur donnent l'équivalent d'un salaire double, une sécurité qui s'évalue, un luxe.

Les jeunes médecins ne pardonnent jamais cette injustice. Ils gardent leur rancune jusqu'au bout, comme une dette que la médecine leur doit et qu'ils ne finiront jamais de lui faire payer, sans états d'âme. Ils se pardonneront toutes les malhonnêtetés que l'on doit commettre pour survivre dans ce milieu, les prescriptions inutiles qui font revenir les malades, les examens complémentaires redondants qui vous rapportent, les mensonges que vous dites pour continuer à soigner ceux qui n'ont rien. Le médecin floué se sent encore loin du compte. Il est comme ces enfants mal-aimés qui n'oublient jamais, qui gardent leur carence affective, survivante, comme un code secret cryptant toutes leurs actions.

Je me suis souvent demandé à combien j'évaluais le coût de ma consultation. Quel était le prix de mon avis diagnostique ? A dire vrai, j'aurais tendance à le placer très haut, si dissuasivement haut que vraiment personne ne se risquerait à déranger ma tranquillité. Antiquaire dans ma boutique de luxe dont on n'ose pas pousser la porte. Contact avec de vieilles choses, vieux savoir, restauration d'avis anciens, en mauvais état, vendus trop cher...

Il y a de vrais antiquaires en médecine. J'en connais un, ancien patron à la retraite, qui ne consulte plus, qui donne des conseils. Il ne suit personne. Sa secrétaire donne le rendez-vous, en précisant qu'il sera unique. On ne vient pas pour être traité, mais pour prendre un avis. C'est le métier que j'aurais voulu faire, conseiller médical, antiquaire en médecine. J'aurais eu dans ce cadre une grande facilité à établir le prix de mon service, comme pour celui d'un objet, en suivant la cote. Mais pour une vraie consultation, où les gens viennent pour ne pas vous quitter, pour être pris en charge longtemps, pour des affaires graves, quel est mon prix ? En dehors de la facture relativement élevée que je demande pour me protéger de ces malades, pour en réduire le nombre et qu'ils acceptent pourtant de payer, ne devrais-je pas exiger un large complément d'honoraires pour ce qui suit, pour le prix de la consigne aux angoisses, pour le prix de l'alcool et des somnifères ? Combien vaut ma gaieté perdue, pour moi et pour les miens ?

En même temps, c'est difficile de faire payer un malade. Je confie d'ailleurs la tâche à ma secrétaire, lâchement, et ma gêne, surtout pour les grosses maladies sans traitement. Quel prix pour un diagnostic de glioblastome inopérable ou de SLA ? S'il fallait être rétribué à l'utilité, la consultation neurologique ne mériterait aucun bénéfice. Pourtant le médecin se paye là-dessus et l'Etat qui prend son impôt se paye aussi et largement. Beaucoup de gens profitent de ces consultations sinistres, ces avances sur héritage, ce jeu malsain à joueurs nombreux.

C'est dans ce système à plusieurs acteurs que les honoraires véhiculent cette culpabilité qui incite tout le monde à essayer de les réviser à la baisse. Les honoraires sont choquants parce qu'ils sont collectifs. Un honoraire juste ne devrait aller qu'au médecin. S'il est partagé, il profite. Il devient un produit dans un système, plus immoral qu'un autre puisqu'il s'agit de santé. L'impôt pervertit l'honoraire. Un médecin libéré de l'impôt se conduirait beaucoup mieux.

Finalement, il faudrait que personne ne se mêle de médecine, surtout pas l'administration. On devrait simplifier, revenir à l'unité, au principe premier, le médecin, et laisser faire. L'Etat veut se substituer à lui, faire disparaître le père. Il applique le principe du clonage à la santé, un mode de création répétitif, non sexué, sans mélange et sans art. Il tient son modèle administratif et le développe dans sa grande couveuse, en se passant de nos cellules fécondantes. Tant pis pour lui, les clones vieillissent plus vite et cachent des malformations.

Les malades, déjà contaminés par le virus médecine sans médecin, demandent des lois pour tout. Il faudrait par exemple que l'euthanasie devienne légale, qu'on ne tue plus sans permis. Le médecin ferait office de bourreau mandaté par un juge, inquisiteur, qui remettrait la victime entre nos mains, la confiant à notre bras séculier, dans un esprit religieux. On devrait former des exécuteurs en blouse noire pour marquer la différence. Personne ne devrait accepter de pratiquer une euthanasie autorisée. Cette responsabilité qu'on cherche à nous enlever est notre seule chance de pardon.

Il faudrait rester dans le secret, dans le temple, à deux, médecin et malade, sans bavardages, le monde à l'écart, comme dans un lieu saint où ne sont que des lois simples, très anciennes, non écrites.

Les lois non écrites suffisent pour exercer honnêtement ce métier. Je les rencontre tous les jours dans mon cabinet de consultation, devant les malades malheureux, devant les souffrants, devant les morts, quand il faut annoncer le diagnostic des grandes maladies aux familles. J'ai parfois des coups de fil des médecins de la Sécurité sociale qui me demandent des comptes. « Pourquoi avez-vous prescrit ces vitamines ? », « Pourquoi trente séances de rééducation ? », « Je vous rappelle les décisions concernant la maîtrise des dépenses... ». Ils m'appellent pendant mes consultations, n'importe quand, ces chers confrères, devant mes SLA et mes myopathes. Ils me convoquent aussi, ces capétiens, pour nous gifler, mes malades et moi. Il faut aller les subir, les laisser nous rappeler le code de bonne conduite professionnelle, leur promettre des efforts, de bonnes résolutions. Si je leur parlais des lois non écrites, ils me demanderaient des références, donc je me tais.

Pour l'annonce du diagnostic des maladies mortelles, il faut sortir de son brouillard de l'après-midi, de sa brume froide à douze degrés cinq, pour donner du temps et de la gentillesse, les seules choses utiles.

A l'hôpital, vous êtes aidé par le décor, les odeurs, l'ambiance. Le malade est prêt pour les mauvaises nouvelles. En ville, le contraste est plus franc, entre la vie à portée de main, derrière la fenêtre, et la maladie qui jaillit par surprise de la boîte, entre deux rendez-vous.

On suit bien quelqu'un qui va mourir. Aucun effort nécessaire. Le malade vous entraîne par la main, il suffit de se laisser guider. Elle est difficile à interrompre cette promenade en sa compagnie. Il tient à votre présence. Il vous emmènerait bien jusqu'au bout. Pour que sa main vous lâche, il faut lui mentir, le trahir, comme Orphée, un autre médecin, qui avait promis à sa malade de la sortir du Tartare, de l'arracher à la maladie, en charmant les monstres. C'est à la porte de l'enfer qu'il se retourne, le lâche, qu'il la trahit enfin comme un homme, pour la renvoyer à la mort, en parjure, en Judas.

Le médecin ne l'accompagne pas jusqu'au bout, son Eurydice, malgré sa promesse. Il ne la sort pas des enfers et à la fin, c'est lui le responsable. Je crois qu'il se retourne pour lui dire la vérité, lui dire qu'il ne peut rien. C'est ça qui la tue.

Je ne dis jamais la vérité au malade, surtout à celui qui me la demande. Je lui réponds par un mensonge, pas un petit, pas un demi, pas un par omission. Un grand, un majestueux, à qui je laisse prendre du volume, un affectueux, un tendre, un maternel. Je le vois un peu comme un cordon ombilical entre nous deux, ce mensonge, à ne couper sous aucun prétexte. Il faut se méfier de la vérité au patient. Personne ne la souhaite. On ne vit pas avec un diagnostic de SLA non aménagé.

D'ailleurs, j'y crois à mes mensonges. Ils poussent sur des histoires qu'on n'a jamais vérifiées soi-même, des SLA vivantes, guéries, des histoires de saints, de Vierge, de magie. J'y crois sincèrement. Je ne comprends pas pourquoi ces patients ne vont pas plus souvent dans les grottes, chez les guérisseurs, chez les druides. A leur place, je ferais tous les pèlerinages au lieu de traîner dans ma consultation. J'irais toucher le bois de la vraie croix, voir le suaire. Je prierais énormément. Je ne perdrais pas mon temps avec les médecins.

Plus je vais, plus je prie. Je ne me moque plus, comme au début de ma carrière, des traitements non médicamenteux. Je crois aux plantes, aux minéraux, aux ondes. Je crois à tout. J'ai élargi à l'infini ma crédulité. Je crois aux mondes parallèles, à l'influence des astres, aux gris-gris. Je crois qu'on peut s'en sortir des maladies mortelles, s'en arracher, qu'on peut inverser le sens de leur force. Je ne le dis jamais à mes malades. Que dire après ? Je n'ai rien à leur conseiller. Je ne sais pas comment faire, mais je crois à l'issue. J'y crois, même avec des organes détruits, des fibroses, des envahissements de cellules anormales ou de virus, même avec des corps presque morts.

J'ai l'impression de le savoir.

Les patients me trouvent gentil. Je suis gentil parce que je suis pressé. Pressé d'en finir avec eux. J'ai constaté que la gentillesse était le moyen le plus efficace pour accélérer une consultation. Pas n'importe quelle gentillesse, nuance, pas la gentillesse globale qui ouvre les bras et appelle la confession. Une gentillesse non accueillante, sans hypocrisie, mais sélective, que le malade ne rencontre pas dans l'écoute de ses problèmes de cœur, d'enfance ou de santé générale qu'il essaie de vous faire partager en vain. Ne la retrouvant pas hors des limites strictes de sa maladie, il reviendra spontanément là où vous l'attendez, dans votre espace-temps chaleureux de trente minutes ou un peu moins.

J'ai fait des rencontres en médecine. L'expérience humaine est un avantage du métier, dit-on. Je ne suis jamais allé bien loin dans l'exploration des autres. J'ai réduit les échanges au strict minimum. Non pas que je n'aime pas mon prochain, disons que nous n'avons pas d'atomes crochus. J'ai essayé de m'intéresser, sincèrement, de rechercher la participation aux soucis, aux inquiétudes. J'ai gagné des confiances, profondes, mais j'ai été sans désir pour les autres. J'ai soigné sans cynisme, mais vraiment sans désir. J'ai exercé mon métier avec précaution, sans négligence. J'ai commis mes petites trahisons quotidiennes, humainement. Les médecins trahissent et sont trahis. Tous les hommes en sont là, Judas trahis.

La médecine m'a choisi, à la manière du Christ, qui a bégayé avec son apôtre sa belle parole d'amour, le désignant pour ce rôle de traître, sans explication, après lui avoir donné sa confiance et accepté la sienne, le manipulant comme un vulgaire pion sur l'échiquier de son destin, le sacrifiant vulgairement. Judas, le médecin, ne demandait rien. Il était prêt à le servir comme les autres, plus que les autres peut-être et Jésus l'a fait pendre.

Moi, en médecine, je ne demandais qu'à soigner les malades, le mieux possible. J'étais prêt à les aimer au début, à les suivre, à leur donner le meilleur de moi-même. J'avais confiance. La médecine pouvait compter sur ma fidélité. Elle a préféré faire de moi un homme inquiet, pressé d'en finir, las, mendiant et malheureux. Elle m'a privé de désir, d'énergie, me choisissant pour ses basses besognes, me révélant des choses qu'elle aurait pu me cacher.

Je sais que d'autres ne la vivent pas comme cela, les apôtres chéris qu'elle cajole, à qui elle reste fidèle toute la vie, ces bienheureux qui profitent de ses béatitudes. Les vraies s'adressaient aux désespérés, aux enfants et aux pauvres.

D'année en année, ma consultation a pris du volume et moi de l'âge, anormalement. Je regardais mes amis dans le vestiaire après nos doubles. Ils avaient du ventre, des cheveux clairsemés, des taches sur les mains. Ils étaient différents, mais ils ne changeaient pas. Ils gardaient de la jeunesse, dans le regard, dans la voix. Ils gardaient l'essentiel.

J'étais vieux.

Les gens ont commencé à m'envoyer des malades lorsque j'ai pris des rides. Ma clientèle a accompagné mon vieillissement prématuré. J'ai établi un lien entre mon usure et mon succès professionnel. J'en ai conclu que la fraîcheur était un obstacle à la réussite médicale. Je tournais mal. J'entrais en compétition avec Cambillard. Je calculais mon chiffre d'affaires. J'avais pris un comptable, une secrétaire diplômée et un rythme de vie qui était précisément celui que j'avais toujours voulu éviter.

Les malades sont venus à mon secours, une surtout, une jeune femme qui s'est tellement aggravée devant moi, malgré moi, qu'elle m'a poussé vers l'extérieur, hors de mon cabinet. A chaque consultation, elle me souriait en me montrant ses jambes de moins en moins mobiles, sa gorge prise. Son sourire m'a rendu ma lucidité. Grâce à elle, j'ai allégé ma consultation.

J'ai lâché du lest, tous les patients lourds, au risque de me détacher de la terre médicale, de monter vers l'éther des maux légers, des petits malades. Là où dans l'air raréfié, on en rencontre peu ou par groupes délicats, flottant comme des plumes ou des graines de pissenlit. Mes malades ne comprenaient pas que je les dirige vers d'autres médecins quand ils allaient mal. Ils me le reprochaient. Ils se sentaient volés. Ils me disaient : « Vous ne suivez que des gens qui vont bien. » Ils ne se trompaient pas. Au moindre signe d'aggravation, c'était la porte.

Dans l'éther, là-haut, je cherchais des malades peu denses, à très faible masse, qui n'exerçaient sur moi qu'une force d'attraction négligeable. Les autres, en bas, ne vous laissent malheureusement pas vous échapper. Ils vous satellisent par la gravitation, qui est une force excessive dans notre univers. Au plus haut de mon ascension, je tournais encore autour des tétraplégies, des démences et des convulsions. Je traversais des zones claires où j'aurais voulu me fixer, parmi les migraines, les lombalgies et les petits vertiges, mais la gravité venait me reprendre.

Il y a deux solutions pour s'en libérer, devenir massif ou minuscule. Devenir plus lourd que les SLA et inverser le sens de l'attraction. Développer sa tristesse, sa fatigue, sa noirceur et la mesurer à la maladie. Vivre dans la sinistrose. Courir d'un malade à l'autre, être médecin jour et nuit. Gagner de la masse, un poids lourd qui peu à peu permet de résister à celui des autres, de ne plus en dépendre. J'avais commencé à m'alourdir, en allongeant mes heures de consultations, en visitant à domicile, en prenant des vacations hospitalières. Je m'étais gavé de médecine pour grossir, mais elle me rendait malade. Moral nauséeux. J'ai très mal supporté mon augmentation de volume psychologique. Les miens aussi, sur lesquels j'exerçais une force centrifuge paradoxale. Je me sentais lent, essoufflé, différent. Je commençais à faire peur aux patients. Dans ma salle d'attente, je concentrais les maladies mortelles que tous mes collègues m'envoyaient, reconnaissants. On sentait en arrivant chez moi qu'on risquait de ne jamais en sortir, ce qui finissait par altérer le développement de ma clientèle.

C'est pourtant grâce à ce choix de la pesanteur que j'étais sorti de mon désert quotidien, que j'avais cessé de guetter les patients ou d'aller les chercher dans les impasses des dîners de correspondants. Mais je coulais aussi, peu à peu, par augmentation de densité. Pour échapper à la noyade, j'ai dû réfléchir à la solution minuscule.

Dans l'infiniment petit, on dit que les lois physiques apparaissent sous un autre jour. La gravité est peut-être plus subtile dans le monde quantique, paradoxale, variable, réduite à presque rien, fonction de paramètres imprévisibles, spirituels peut-être. J'essaie en ce moment même de faire encore décroître ma masse médicale. Je réduis mon activité, à l'extrême. Je deviens de plus en plus technique, je glisse vers la radiologie, je remplace mes consultations par des actes. J'apprends le doppler, le scanner, l'électroencéphalogramme. Je ne reçois plus personne sans la protection d'un examen complémentaire, prescrit par un collègue en charge du malade. Je ne suis plus, je croise.

Je pense que cette spécialité de radiologue clinicien a un grand avenir. Elle s'adapte parfaitement aux médecins en retraite spirituelle, en attente de la vraie.

La dernière solution serait une accélération, suffisamment puissante pour échapper à la force gravitationnelle, comme une fusée. C'est là que l'on rencontre l'obstacle de sa nature.

La mienne est passive. J'attends la sélection, comme les créatures de Darwin. N'étant pas adapté à mon milieu, elle ne devrait pas m'y maintenir, mais m'éliminer et m'orienter vers une destination adaptée.

Darwin était très sérieux. Son système tournait sans magie. L'homme était un animal comme les autres. Il ne mettait aucune spiritualité dans sa science. Il était anglais. Il cherchait les mécanismes, les lois qui gouvernaient le déroulement des choses, qui pouvaient permettre des prévisions.

En médecine, les lois sont insuffisantes. Il y a un espace vierge, un vrai espace de liberté que la plupart des médecins ne rejoignent jamais, où les règles ne s'appliquent pas, où l'imprévisible règne. Un espace spirituel où tout est possible, absolument tout, où la création même est à portée de main. C'est là que n'importe quelle maladie peut être guérie. Je ne l'ai pas découvert, mais il existe. En réalité, on le trouve à deux, il faut rencontrer son malade.

En route vers le minuscule, j'ai essayé de me lier avec des gens gais. Après 40 ans, le choix se réduit, de manière drastique. Il faut les dénicher. La forte demande rend l'objet rare et coûteux. En réalité, après de nombreuses rencontres, j'ai réalisé que ce n'était pas l'être gai qu'il fallait poursuivre, mais l'être moins sinistre que les autres. Je me contentais donc des gens tristes qui n'étaient pas médecins.

La médecine creuse la tristesse, lui donne une telle profondeur que vous finissez par recevoir le désespoir des non-médecins avec une certaine bonne humeur. A vrai dire, il ne vous gêne pas. Vous ne cherchez même pas à l'éviter, à détourner la conversation, vous le prenez comme une blague qu'on vous a déjà racontée mais que vous faites semblant de découvrir, pour ne pas briser l'ambiance. Je finissais par très bien m'habituer à la tristesse des gens. Ils trouvaient une écoute attentive avec moi. Immanquablement, j'entendais un jour ou l'autre : « On sent bien que vous êtes médecin. » Ce qui montre que l'on saisit très mal les pensées de son prochain. Mon écoute était parfaitement « antimédicale ». C'était l'autre qui m'aidait avec sa tristesse d'homme en bonne santé. Je ne cherchais pas du tout à lui rendre service, je recevais son traitement. Je ne me moquais pas de ses soucis, je les avalais comme des gélules.

Je ne côtoyais plus personne parmi les miens. J'avais essayé un peu Noé, attiré par le mystère de son euphorie, mais il était d'un autre monde. J'aimais beaucoup Vadas et Ferré, mais nous étions tous les trois atteints par la médecine et nos débats ressemblaient trop souvent à des échanges entre malades parlant de leur maladie.

Il restait Guilhaume, un ancien de la faculté avec qui j'avais préparé les concours. Il était sympathique, un spécialiste de la sympathie. Tout le monde l'aimait, sans délai, au premier coup d'œil. C'était un don chez lui, les malades, les collègues, les infirmières. Il ne se forçait pas. La sympathie dégoulinait de lui, naturellement, mystérieusement, comme une sécrétion. Il attirait la tape sur l'épaule. On n'arrêtait pas de la lui taper, une pluie de coups, qu'elle accueillait avec complaisance. Pourtant, il ne faisait rien pour. Il était assez bourru, mais gentiment bourru. Il ne donnait pas l'impression d'avoir besoin de l'affection des autres et en même temps on sentait qu'il ne voulait pas rester seul, qu'il n'était pas défendu contre son prochain. Il avait le choix pour sa compagnie. Il était sûr de lui, enfin de son charme, car pour le reste, c'était moins clair. Il passait trop de temps à l'hôpital pour être honnête. Il devait en cacher aussi des névroses, des petites escroqueries d'âme. Il y avait des secrets derrière son hyperactivité, sa disponibilité excessive et son sourire.

Il bougeait tout le temps, c'était une contrainte pour lui, physique. Il ne restait jamais en place. Je lui disais : « Repose-toi, viens prendre un verre. » Il préférait parler en marchant. D'ailleurs on ne lui parlait pas, on le hélait, on lui faisait des signes. Il avait trouvé la meilleure solution pour donner le meilleur de lui-même, à tout le monde, il ne s'attardait pas. La vie de chirurgien donnait une justification à son mouvement perpétuel, un mobile. Il lui en était reconnaissant. Elle l'avait sauvé du psychiatre.

Il était maniaque, comme tous les médecins, mais gai et attentionné. Il ne volait pas ses malades. Il n'était jamais indifférent. Il vivait bien son métier, parce qu'il s'y consacrait sans regret. Il ne gardait pas de réserve personnelle d'énergie. Quand il perdait un malade, il ne se remettait pas en question, il se séparait de lui, sans avoir le sentiment de lui devoir quelque chose. Il faisait penser à Dousigny, mais lui avait une vie en dehors de la médecine. Il était tout entier dans ses occupations personnelles comme en consultation, jamais déplacé. Il existait au présent. Il avait choisi la perspective du présent. Il était transparent. Il donnait ce qu'il avait. Il ne se sentait pas débiteur, de personne, ce qui était mon problème. J'avais des dettes avec tout le monde. J'empruntais pour soigner. J'avais honte, mais je gardais une cassette cachée, contenant une partie de moi-même que je ne dépensais pas. J'économisais pour l'avenir. Guilhaume ne se projetait pas dans l'avenir. Il ne se voyait pas vieux. Cette différence d'appréciation de sa propre longévité change tout. Se sentir durable constitue un handicap pour le présent. On ne pense qu'aux provisions à épargner. Guilhaume dépensait sans compter, une vraie cigale. Il se voyait mort vite, c'était la différence entre nous. Il ne vivait pas dans l'angoisse, mais dans l'urgence. Il me faisait courir. Il bougeait ma masse. Il ne comprenait absolument pas mes interrogations sur la médecine, ma grande souffrance. Il s'en moquait. Il ne la jugeait même pas ridicule, mais sans intérêt. Il interrompait mes monologues par un « Bon, on y va ». On y allait. Sans destination précise. Ensemble.

Il me disait : « Tu t'es mis trop de choses dans la tête, tu lis trop, tu penses trop. » Lui, ne lisait rien. Il croyait au risque d'empoisonnement par les livres. Il les regardait avec méfiance, en cherchant la date limite de consommation, toujours dépassée. Il les trouvait avariés. Il ne parcourait que les journaux du jour.

Je sentais que je devais m'attacher à lui. Il me donnait une leçon de simplicité. Il me dévoilait une tragique erreur de manipulation que l'on ne doit pas commettre dans ce métier, le mélange métaphysique-médecine, deux produits instables, se rejetant l'un l'autre, explosivement, ne laissant aucune chance à l'imprudent qui les manie.

Il y a des médecins qui débutent par intérêt philosophique, pour voir de près le destin de l'humanité, le nez collé dessus, comme des grands myopes. Ils se disent qu'ils vont en apprendre sur eux-mêmes, qu'ils vont découvrir des solutions aux problèmes prurigineux de leurs âmes. Erreur. On ne découvre rien en médecine. On avance le rendez-vous avec les interrogations pré-mortem, on ne les résout pas plus que le vieillard qui y réfléchit sur son lit de mort. On les fréquente plus longtemps, inutilement, sans créer de sympathie, sans les rendre plus aimables pour la fin.

Guilhaume avait raison de ne penser à rien d'autre qu'à courir, en fragmentant le temps, en multipliant ses facettes. Il brisait la glace. Il donnait des coups de pied dedans. Moi, je l'étirais comme une pâte. J'en faisais un miroir déformant qui renvoyait mon image ridicule ou grossière, alors que la sienne éparpillée, était multiple, fine, subtile.

Un jour, il vient me rendre visite à mon cabinet. Il s'assied en face de moi, en enlevant sa veste et en remontant le bas de son pantalon jusqu'au genou. Je le regarde, un peu interloqué. D'un air inhabituellement sérieux, il m'interroge :

« Rappelle-moi les signes de la SLA, au début. »

J'étais habitué aux consultations entre médecins. Je voyais souvent des confrères qui anticipaient leur mort neurologique. Les quatre maladies étaient toujours les mêmes : Sclérose en plaques, Parkinson, Alzheimer et SLA, l'inévitable. Je savais que Guilhaume n'était pas malade. Il n'avait pas la tête à ça. Pour le convaincre, il fallait d'abord le suivre dans sa crainte diagnostique. Je répondis avec un air inquiet :

« Crampes, fasciculation, faiblesse musculaire. »

Avec ces trois signes que pratiquement tout le monde expérimentait, un jour ou l'autre, on était sûr de voir se modifier le visage du suspect, en route vers le livide. Ça n'a pas manqué. Il a brusquement perdu ses couleurs. Sans un mot, il s'est levé, a contourné mon bureau pour me montrer son mollet qui tressautait doucement. Des petites contractions musculaires incontrôlées. Peu menaçantes. Les fasciculations des mollets sont presque toujours bénignes. Je lui enlevai le « presque » par amitié et le gardai pour moi, comme toujours, dans un coin, avec ses frères. La grande famille des « presque », des « sauf », des « quelquefois ». Je l'examinai minutieusement. Il n'avait rien.

Dans la SLA, les muscles tressautent avant de fondre. Ils s'agitent avant de mourir, comme des poissons sortis de l'eau. Les corps fasciculent, en entier quelquefois, tous les muscles, du thorax, du ventre... Danse macabre. Pour

Guilhaume, c'était la première fois qu'un mouvement lui faisait peur. Il réclamait de l'immobilité. J'étais l'homme de la situation. Je lui conseillai de se reposer et de prendre du magnésium. Je l'ai guéri.

Il a abandonné son inquiétude presque immédiatement. Il n'avait pas autant d'images de la maladie dans la tête, autant de formes étranges, inhabituelles, à début bénin, qui faisaient douter de tout. Il n'avait pas autant de morts dans la mémoire. Moi, j'avais l'impression de flotter sur une rivière sans courant, avec des corps autour, de tous mes malades qui s'étaient noyés. Une rivière d'Ophélie, stagnante, où je devais ramer ferme pour avancer. Le courant chez Guilhaume était beaucoup plus fort. Il emportait tout. Il renouvelait l'eau. C'était propre autour de lui, vaseux autour de moi. Il dissipa sa peur de la SLA, sans en garder la moindre survivance. Je l'admirais pour cela. Mes angoisses étaient visqueuses. Elles collaient.

Quand on s'est revus, il m'a simplement demandé :

« Bon, je ne l'ai pas attrapée cette maladie ? »

J'ai répondu :

« Non. »

C'était fini. Il a redémarré comme si j'avais donné le signal sur une ligne de départ, me laissant sur place. J'étais étonné par sa confiance. Je ne me serais pas contenté de mon avis. C'était aussi une différence entre nous, la confiance. Moi je ne l'accordais à personne. J'étais méfiant. On ne pouvait pas si facilement me rassurer, ni les livres, ni les hommes. Je ne pouvais pas non plus compter sur moi-même. Je méritais mon angoisse. Cette forme de résistance à l'aide des autres pour mon bénéfice personnel était la même que celle qui m'empêchait de les aider comme il fallait, quand eux me consultaient.

La confiance que me donnait Guilhaume prouvait sa nature d'honnête homme, la sincérité de ses actes et de sa gaieté. Elle expliquait la sympathie autour de lui. Je me suis surpris à vouloir le faire douter un peu, à essayer de l'ébranler, par jalousie, en lui disant qu'il serait peut-être bon de les surveiller, finalement, les fasciculations de son mollet, sans inquiétude, mais par précaution. Il s'est échappé avant d'être rattrapé par mes mots.

Il avait l'idée de faire une carrière hospitalière. Elle passait par un travail de recherche qui s'adaptait mal à son rythme biologique.

Le monde hospitalo-universitaire tient beaucoup à ces travaux de recherche. Pas de carrière aujourd'hui, sans DEA ou thèse de science. La décoration scientifique, le peuple médical veut absolument l'accrocher au revers de ses blouses. En réalité, les médecins ne sont pas des scientifiques. La science tient très peu de place en consultation et de moins en moins en vieillissant. Les médecins peuvent jouer le rôle de témoins dans les débats techniques autour de la médecine, un peu comme les bons sauvages qui participent aux réunions d'ethnologues, en souriant, écoutant les discours qui parlent d'eux, sans en comprendre un traître mot. La recherche dans les services hospitaliers est en principe un des rôles que nous devons assurer, mais en pratique, ce ne sont pas les mêmes qui soignent et qui cherchent. Le travail en laboratoire éloigne invariablement de l'activité clinique, par manque de temps et de malades. On prend très vite l'habitude des résumés de consultation écrits par les autres et du contact exclusif avec les tubes de prélèvement. La relation médecin-globule ou médecin-gène est attractive.

Les choses sont devenues si compliquées que le mélange des genres est impossible. Les scientifiques à formation médicale arrivent à nous comprendre. Nous, non. Un médecin capable devient chercheur. On n'explore pas, par chance, le désert scientifique qui habite notre esprit, lieu inviolé qu'on essaie de rendre mystérieux comme une forêt, mais qui est plus proche du vide interstellaire.

Aux staffs, où sont invités à parler les généticiens, les immunologistes, les physiologistes, on peut mesurer avec une compétence psychologique minimale la nullité du niveau de notre public. Il suffit d'ouvrir les yeux, ce que tout le monde ne fait pas dans l'obscurité. Le dernier rang est celui des externes, adolescents attardés pour la plupart, d'une maturité d'élèves de sixième pour les plus brillants qui récupèrent, lors de ces séances, des derniers efforts intellectuels fournis, anciens, le plus souvent. Leur activité cérébrale n'est pas plate puisqu'ils l'exercent à la contemplation du lent mouvement rotatoire des aiguilles de leur montre. Ils illustrent assez fidèlement notre investissement scientifique de base. En montant vers les premiers rangs, de blouses en blouses, marches du grand escalier hiérarchique, vous tombez sur quelques surveillantes motivées, parfois accompagnées d'une ou deux infirmières à l'air fasciné qui agitent le drapeau de la participation et se disent, entre elles, que tout ça est bien intéressant. Devant, les internes s'espionnent, déjà pervertis, se mesurant les uns aux autres, essayant de repérer le plus avancé dans le peloton de la compréhension minimale. Devant encore, les chefs, abrutis de fatigue et de responsabilités, surnagent parmi les victimes, un peu plus au courant, un peu plus frais dans leurs connaissances et, surtout, entraînés à ces épreuves cryptées. Au premier rang, les patrons, moins fiers pour une fois, rentrés dans leurs épaules, de plus en plus voûtées, à mesure que les diapositives passent. Ils attendent sans impatience la fin, où il leur faudra conclure, trouver une ou deux remarques pertinentes à ajouter, avant de finir par se retourner, apparemment paternels mais en réalité à la dérive, pour demander : « Personne n'a de questions ? » Il y en aura. L'interne qui croit en son avenir, le chef ambitieux et puis l'innocent du village, l'attaché qui passe, concerné, qui a une question sur l'hybridation in situ, sur la polymérisation en chaîne ou l'immuno-histochimie.

Le vocabulaire est long à acquérir. La plupart des études dites scientifiques sont en fait des études de lettres. Il faut de la mémoire. J'attends celle du futur, inscrite sur les disques durs de nos ordinateurs implantés. Toute cette place, libérée dans nos crânes, accueillera le développement de notre intelligence. Nous progresserons. L'avenir c'est l'oubli.

Guilhaume avait décidé de cultiver des cellules, avec l'ambition raisonnable de tirer de son travail scientifique un petit article, si possible en anglais, qui étofferait sa liste de titres et travaux, qu'il qualifiait lui-même de rachitique. Cette liste était l'atout essentiel de la nomination. En théorie. Le futur agrégé devait faire valoir ses capacités scientifiques, jugées à l'aune de ses publications internationales. Pour des chirurgiens suractifs, comme l'était Guilhaume, travaillant douze heures par jour, avec une ou deux gardes par semaine, le mariage science-médecine n'était que très rarement consommé. On ne pouvait pas demander à un chirurgien de consulter, d'opérer, de gérer les urgences de l'hôpital et d'étudier en même temps la génétique moléculaire. Cette situation était d'autant plus absurde que finalement, au tiercé des nominations, la liste la plus épaisse des titres et travaux ne pesait rien face à la décision d'un patron poids lourd de nommer son élève préféré.

Le choix de la culture de cellules était assez bien senti. Il consistait à laisser entretenir par une laborantine séduite quelques boîtes à saupoudrer quotidiennement, en jetant, une fois par mois, un coup d'œil dans le tube d'un microscope, à la recherche d'une mitose. Les cellules en question étaient osseuses, poussaient lentement, entretenant des promesses à très long terme, qui lui permettaient de continuer à travailler.

Un interne était chargé de préparer le patron de l'article médical de base. Plusieurs recherches pouvaient être conduites en même temps. On soutenait un mémoire quelques mois plus tard, devant un jury composé de cliniciens et de chercheurs. On était presque à coup sûr protégé des questions dangereuses, les cliniciens pressés d'en finir n'en posant aucune et les chercheurs méprisant les travaux des cliniciens préférant les ignorer.

De mémoire en mémoire, dans le silence, on arrivait, peu à peu, à étoffer son dossier. Il suffisait ensuite d'infiltrer son nom dans la liste des signataires d'un ou deux grands articles dont on n'écrivait pas une ligne, pour être définitivement paré. La meilleure stratégie était de proposer à une équipe de recherche sa participation à une étude nécessitant la fourniture de quelques malades et de laisser les choses se développer en son absence, ou bien de soutenir moralement le projet d'un médecin laborieux, à l'âme universitaire, en approuvant la qualité de son travail et en acceptant de le cosigner.

Il est aujourd'hui assez piquant de voir ces grands patrons, habitués des ministères, réclamer haut et fort la nécessité d'élever le niveau scientifique des futurs agrégés, en rendant la thèse de science obligatoire dans la plupart des CHU. Le volume de leurs travaux scientifiques étant le plus souvent inversement proportionnel à celui de leurs titres, je pense qu'ils ont besoin de prouver à travers leurs élèves que la recherche reste l'une de leurs préoccupations fondamentales. Le résultat est une errance de trois ans pour le clinicien privé de malades, s'effeuillant de laboratoire en laboratoire, accouchant dans la douleur d'une thèse qui ne peut pas être sous-traitée, qui le replonge dans les plus sinistres heures de la préparation des concours. Jeune étudiant forçat de 35 ans ou plus, abattant un travail de bûcheron, sur des sujets dont il ne connaît rien, qui ira gonfler sa liste de titres pour travaux inutiles.

Je retrouvai Guilhaume, professeur. Cela ne le changeait pas. Il s'était fracturé la jambe dans un accident de voiture. Elle s'était mal remise. Il courait en boitant. Moi aussi, je tirais la jambe. Vadas aussi, que je voyais souvent et qui n'opérait plus personne. Depuis son procès, il remettait à chaque patient qui lui était adressé une liste à signer de toutes les complications qu'il pouvait rencontrer entre ses mains. En dehors des accidents liés à l'acte chirurgical, il y avait les complications inhérentes à l'hospitalisation, le risque de phlébite, d'embolie pulmonaire, de surinfection par des germes multi-résistants, d'escarres, de chutes traumatiques du lit, de septicémie à partir des points de prélèvements, de lymphangites sur claquage de veines. Une notice exhaustive des cataclysmes à venir. Finalement, il n'opérait plus que les patients dans le coma, qui n'avaient pas eu le temps de consulter sa liste. Il était devenu le chirurgien du coma. Tous les patients que je lui adressais, debout, s'enfuyaient. Il était pourtant le meilleur à Paris, mais il boitait lui aussi, bas, comme moi.

Ferré aussi boitait, de plus en plus isolé, dans son grand hôpital, sans pouvoir, manipulé par tous, travaillant pour l'ambition des autres, à la Cyrano. Il soufflait les diagnostics aux patrons de neurologie, comme des mots d'amour. Ils allaient à sa place cueillir le baiser de la gloire.

Sa vie personnelle tanguait, elle aussi, mais on en parlait peu. Personne ne parlait beaucoup. On connaissait de vue nos femmes, nos enfants, mais on ne tenait pas à entrer dans la vie de l'autre. On voulait s'aimer dans notre territoire à nous, nos abysses non fréquentés, dans l'air de notre angoisse et la noirceur de nos doutes. Dans nos zones de lumière, notre amitié n'avait pas sa place.

Nous restions dans notre cercle de boiteux, notre cour des miracles, où finalement seul Guilhaume boitait pour une raison véritable.

Un jour, je me suis piqué en examinant un malade séropositif au VIH. Une piqûre profonde, dans le gras du pouce, avec l'aiguille qui avait servi à enregistrer l'activité de ses muscles. Je n'ai pas réagi sur le moment. J'ai mis de l'alcool. Le soir, j'ai pensé qu'après la menace spirituelle, je rencontrais la menace physique de la médecine. Je n'avais qu'à comparer. J'en ai un peu parlé autour de moi, ça n'a bouleversé personne.

J'ai rencontré une amie d'enfance. Je lui ai raconté l'histoire, en lui demandant si elle trouvait normal que je sois exposé à ce genre d'incident, sans lui parler de mon inquiétude en croissance exponentielle. Elle m'a répondu oui. J'ai été frappé parce qu'elle m'aimait bien. Je crois qu'elle ne me voulait aucun mal, elle ne souhaitait pas que je tombe malade ou que je disparaisse. J'ai commencé à développer une psychose de l'infection. Très sérieuse. Je me voyais dans une fourmilière de virus, des milliers de fourmis, grouillantes en moi, se reproduisant à vitesse lumière.

Je connaissais la procédure. Antigénémie au quinzième jour, puis sérologie à trois mois. C'était long. Ma connaissance du sujet ne me rassurait pas. Je pressentais au contraire qu'elle m'exposait à une aggravation de tous mes symptômes. Il me revenait des petites phrases que je n'imaginais pas avoir retenues, glanées, çà et là, auprès de confrères infectiologues, des phrases en civil, qui paraissaient sans danger mais se révélaient meurtrières, des phrases terroristes qui faisaient exploser les certitudes. Fausses sérologies négatives... Cas de positivité retardée au-delà de trois mois...

J'étais trop effrayé pour être lucide. Je n'avais pas voulu penser au traitement anti-rétroviral à prendre en urgence. Je l'avais rejeté d'emblée, comme si la prise du médicament établissait la réalité de ma contamination. J'étais passif comme toujours. Je me traitais par méthode Coué, qui reste imparfaite en application personnelle. Je comptais aussi beaucoup sur la force de persuasion des autres. J'avais mal démarré avec mon amie d'enfance. Son indifférence donnait la mesure de celle qui m'attendait, auprès de ceux qui comptaient moins, auprès des inconnus de chaque jour, qui allaient considérer mon entrée dans la maladie avec un prodigieux sang-froid. Elle m'expliqua qu'elle était inquiète pour mon avenir, mais que, sentiments mis à part, il ne lui semblait pas anormal qu'un médecin prenne des risques. Son engagement moral le justifiait. Je pris d'autres avis. J'entendis parler des confrères de guerre, morts au champ d'honneur, des médecins de la grande peste noire, décimés comme des mouches. On s'échauffait de référence en référence, me rappelant les martyrs de la virologie, les petits Pasteur qui avaient laissé leur peau dans les fièvres. J'avais signé un contrat prévoyant mon exécution, facultative mais autorisée.

Un ami historien s'enflamma avec ses souvenirs de la guerre de 14, de Marie Curie, de la Croix-Rouge. Il entassa autour de moi les cadavres de tous les médecins morts pour la médecine et qui ne se plaignaient pas, eux. Je l'écoutais sans rien dire. Je me voyais sortir de ma tranchée, charger les mitrailleuses des malades en batterie, mes collègues autour, en blouse garance. L'indifférence au massacre des médecins n'était pas seulement passive, elle pouvait se muer en volonté assassine.

Tout le monde partageait le détachement de mes amis pour les risques que nous prenions. Je l'avais souvent rencontré en consultation, particulièrement avec les malades du VIH. C'était exceptionnel d'entendre un patient s'inquiéter pour vous d'un geste potentiellement contaminant. La tendance était plutôt à vous reprocher les précautions d'asepsie trop voyantes. La piqûre de mon pouce avait été accueillie de manière assez sereine par mon malade. On pouvait même parler d'une disposition plutôt satisfaite de l'humeur, avec l'idée que cet incident m'offrirait une meilleure compréhension du problème, une meilleure participation. Vous faisiez partie d'une seule histoire, la sienne. En dehors d'elle, votre personnage n'existait tout simplement pas.

L'injustice de la maladie poussait dans ce mauvais sens. Le médecin en faisait les frais. Particulièrement lui, qui était dans la maladie sans y être. Ce faux ami, ce faux frère, qui ne partageait qu'en apparence, qui s'arrêtait en route. Celui aussi qui était mêlé à l'histoire de l'infection, qui véhiculait la culpabilité des transfusions contaminantes. Je l'avais saisi, au sens propre, le « au revoir » détendu de mon patient, comme un « à bientôt parmi nous ».

L'infection VIH favorise ces comportements qu'on ne retrouve pas dans d'autres maladies aussi graves, mais il est vrai qu'on ne voit plus de grandes maladies contagieuses. Le risque de contagion modifie les choses. Le malade garde un pouvoir. Il est craint. Il n'est pas dans l'état de soumission, de défaite absolue que l'on rencontre dans les maladies dégénératives. Il a cette force restante. Cette menace qu'il représente lui conserve paradoxalement une certaine dignité d'individu et une existence sociale.

Mes proches que je décevais avec ma lâcheté de médecin déserteur me répétaient : « Et ces malades, qui va les soigner ? Qui va les opérer ? » Je n'avais pas dit qu'il fallait qu'un autre se désigne. Je n'étais pas pour la création d'un commando de médecins spécialement formés pour la prise en charge des maladies infectieuses, des trompe-la-mort, prêts à tout, écartant de leur chemin leurs confrères pusillanimes. J'avais seulement indiqué que j'avais pris un risque grave et que je voulais être rassuré. Je m'étais égaré en ajoutant que je pensais mériter de la compassion et de la considération. J'étais prêt à retirer ces derniers mots.

De la compassion, les gens n'en avaient pas. C'était difficile à accepter ce sentiment d'isolement. On se serait beaucoup plus intéressé à mon cas si j'avais eu un accident de voiture ou un deuil dans ma famille. D'autres maladies auraient reçu une bénédiction. Le cancer aurait été accueilli gentiment, en ami, le sourire aux lèvres. Il aurait eu droit à une vie sociale. Mais la maladie professionnelle n'est pas la bienvenue, quand elle touche une profession à salaire confortable. Le mésothéliome du travailleur de l'amiante aura les honneurs des journaux, de la télévision et des associations de malades en colère, mais le sida du médecin ne soulèvera pas une vaguelette d'émotion.

Sur ce sujet, il faut reconnaître que les infirmières ne sont pas beaucoup mieux traitées. Pour une fois, elles y sont vraiment, dans l'équipe médicale, en première ligne, avec l'interne qui fait la ponction lombaire, le biologiste qui prélève dans son laboratoire et le chirurgien qui opère. Elles sont même devant nous, dans les services d'infectieux, aux prises de sang quotidiennes. La piqûre est inévitable un jour ou l'autre, une fois sur cent, une fois sur mille, elle viendra, mathématiquement. Elles aussi verront la compassion se briser sur le rocher des « risques du métier », mais plus doucement. Elles seront secourues par leur image de saintes dévouées et par leur revenu modeste, la clé de l'empathie des foules.

On tient sans compassion, la carence reste compatible avec la vie. L'absence de considération est, elle, beaucoup plus dangereuse en société. Il n'y a que les gens sans public qui survivent sans considération, les ermites. Pour les autres, reconnaissance, respect, flatterie, sont une nécessité.

Pour le médecin, la caresse sociale est essentielle. Elle permet de résister mieux et plus longtemps. Elle l'adoucit, le rend gentil, patient. Tous les malades auraient intérêt à ce que les médecins soient mieux traités.

Je n'en voulais pas à mes amis civils. Je ne tenais pas à m'en éloigner. J'étais en déséquilibre, je sentais que j'allais avoir besoin de repères. Je me disais qu'un médecin pourrait mieux comprendre. J'en parlai donc à Ferré qui lui aussi passait son temps à enregistrer à l'aiguille les muscles des malades. C'était un examen que nous étions peu nombreux à pratiquer et qui détectait les complications nerveuses périphériques et musculaires, fréquentes dans le cadre de l'infection VIH. Pendant ses explorations, il ne portait jamais de gants. Il était d'une ahurissante décontraction, passant d'un muscle à l'autre, faisant tourner l'aiguille entre ses doigts, effaçant, d'un revers de compresse négligent, le sang qui perlait du point de piqûre.

En mesurant la profondeur de sa sérénité dans l'épreuve, j'en arrivai à la conclusion que j'étais le seul couard en médecine, isolé au sein d'une armée de héros qui blaguaient sous la mitraille. J'allai quand même le voir dans son bureau à la fin de sa consultation. Il écouta patiemment mon histoire et me répondit paisiblement : « Tu fais une antigénémie à 15 jours et une sérologie à 3 mois. » Je lui fis remarquer que je partageais sa connaissance sur le sujet, que j'avais déjà coché ces deux dates sur mon agenda et compté, une par une, les 90 pages qui me séparaient de la dernière. J'ai cru qu'il n'avait pas compris de qui il s'agissait. J'avais l'habitude de lui exposer des cas cliniques et nous parlions souvent des malades entre nous. Je répétai donc mon histoire, en insistant sur la première personne du singulier, en lui montrant le point rouge et œdématié de la pulpe de mon pouce, l'embouchure du canal qui conduisait le virus de l'extérieur à l'intérieur de mes lymphocytes.

Je lui précisai à nouveau que je ne prenais pas ce problème avec toute la distance requise. Il me répondit par l'antigénémie du quinzième jour. Je ne savais plus quoi dire. J'étais seul dans mon angoisse. Personne ne voulait la partager. Notre amitié n'était pas utile. On s'accompagnait, sans s'apporter d'aide.

Mes autres amis médecins réagirent de la même façon. La palme revint à Guilhaume qui me conseilla de faire une déclaration à la médecine du travail. Ils donnaient tous l'impression de percevoir ma mort comme une affection bénigne, un hématome superficiel ou une entorse de cheville. Je n'arrivais pas à faire comprendre la gravité de ma situation. J'étais entouré de sourds, à surdité sélective, d'aphasiques partiels, avec trouble de ma compréhension.

On ne mesurait pas la mort de la même façon. Tout était là. Je pensais qu'elle était au sommet de la hiérarchie des valeurs. Eux non. Ils ne la rangeaient pas parmi les essentielles. La médecine avait tellement banalisé l'affaire qu'ils s'étonnaient que je fasse toute une histoire de ma fin prochaine. Ils me conseillaient de relativiser. Je commençai à trouver l'explication de leur indifférence. Ma vie comptait peu à leurs yeux, pour la simple raison que la leur ne comptait pas du tout. Je parlais avec des morts qui ne percevaient pas comme une menace l'annonce de mon arrivée parmi eux. C'était une preuve d'amitié finalement, leur manque d'enthousiasme pour ma survie. En frères, ils manifestaient ainsi leur impatience de me retrouver parmi eux. Ils prenaient très bien la nouvelle de ma contamination parce qu'elle nous réunissait enfin, tous les quatre, sur le zinc de notre tombeau. Je les voyais en morts vivants, mes amis de toujours, en vampires aimables qui ne tuent pas tant les hommes pour leur sang que pour leur compagnie.

Ferré, particulièrement, avait une grande expérience de la mort. Il s'était beaucoup occupé de SLA, à une époque. Il m'avait raconté ses voyages à travers Paris, vers des malades en stade terminal, avec sa petite valise et ses seringues. Il avait perdu son ardeur dans tout cela, comme nous tous, plus que nous tous.

Il faisait toujours ses affaires à part, Ferré, dans son coin. C'était un solitaire. Il menait une vie assez mystérieuse parce qu'il n'était pas seul justement. Beaucoup de gens gravitaient autour. Il avait une femme, quatre enfants, des amis, mais il avait trouvé le moyen de garder sa solitude intacte. Il n'appelait jamais personne, il n'avertissait pas, il passait de l'un à l'autre, d'un milieu à l'autre, sans mélanger. Son secret était dans l'étanchéité des relations. Ceux qui l'entouraient étaient très différents les uns des autres et ne se connaissaient pas. Il évitait le contact. Il pensait qu'au bout d'un certain temps le mélange des proches les faisait déteindre. Il voulait garder nos couleurs fraîches, nos dissimilitudes vives.

Il affirmait aimer la médecine, ce qui était prévisible puisqu'il avait un don pour elle. Pourtant, elle l'avait mordu, lui aussi, profondément. Il n'était pas aimable avec lui-même. Il se traitait mal, ce qui était la preuve qu'il avait des remords, des mauvais souvenirs qu'il ne se pardonnerait plus. Il vivait le plus souvent dans une chambre près de l'hôpital. Un grenier avec une lucarne, un canapé-lit, deux chaises, une table pour son ordinateur, une bibliothèque, une douche. Il n'était pas contraint à l'ambiance monacale, il gagnait très bien sa vie. Sa famille était installée dans un bel appartement à proximité. Il préférait sa cellule.

Il n'y avait aucune motivation spirituelle derrière son isolement, il détestait tout ce qui se rattachait à la spiritualité. Il ne lisait que des romans, en quantité ahurissante, et écoutait de la musique, sans penser à d'autres mondes. Il n'était pas coupé du nôtre, au contraire. Après sa mise à l'écart de la carrière hospitalière, il avait honoré sa réputation de révolutionnaire. Il continuait à manifester contre le capital, à défiler dans les rues en représentant la foule de ses amis absents. Il avait l'âme militante.

Je ne sais pas bien quel charme il me trouvait, Ferré. J'étais à peu près son contraire, en tout. J'aimais le confort, l'argent. Je me sentais peu concerné par le sort de mes semblables exploités. Je n'étais pas un humaniste alors que lui faisait sincèrement de l'homme la mesure de toute chose. Il ne fallait pas lui parler des forces divines dans la médecine, des anges gardiens, des traitements magiques. Il trouvait réactionnaire de faire appel à Dieu dans la vie. Il jouait au positiviste avec moi, mais je savais bien qu'on avait vu les mêmes images tous les deux, les morts de près. On se protégeait différemment. Il avait peur d'en vouloir à Dieu s'ils commençaient à dialoguer, de ne pas lui trouver de circonstances atténuantes et de s'en faire un ennemi, ce qui n'est pas souhaitable pour l'avenir. Il préférait l'ignorer, le laisser tranquille dans sa transcendance.

C'est la bonne manière d'être heureux en médecine, rester à hauteur d'homme. Ferré s'intéressait aux autres. Il était généreux de son affection, avec tout le monde, sans distinction. Il n'avait pas le sens de la hiérarchie et sentimentalement ne donnait pas l'impression de me placer au-dessus des autres. Il restait prudent en amitié. Il voulait contrôler les situations, les maintenir à son horizon. Il se méfiait de la petite impulsion divine qui hausse le sentiment, religieusement, hors de notre pouvoir. Il n'accordait pas l'onction à notre amitié, ce qui l'aurait rendue plus puissante et utile.

J'étais finalement seul parmi mes trois amis, Vadas trop sombre, Guilhaume trop mobile et Ferré trop athée. Il m'aurait fallu un compagnon gai, patient et croyant.

Pour attendre, je suis resté assis. Trois mois assis, comme les ascètes sur leur colonne, les stylites. Trois mois, sur la colonne de mon angoisse, isolé du monde. J'ai fini avec les westerns, la nuit, chez moi, et les bières, pour diluer les anxiolytiques. J'ai continué à consulter mécaniquement. Je ne me souviens de rien. J'espère ne pas avoir fait trop de mal. J'ai attendu, dans un univers figé. J'ai préféré ne pas en parler aux miens. J'ai vécu avec une seule pensée, celle d'un pèlerinage que je ferais, si j'étais sauvé. Un pèlerinage vers le passé, qui ne passerait, ni par l'hôpital, ni par la faculté, qui brûlerait des étapes, loin vers l'arrière, en sautant.

Je suis allé au jardin des Plantes voir les chimpanzés et les enfants. Les chimpanzés ne changeaient pas. Toujours à la même place, depuis que je les avais quitté à 10 ans, avec leurs mains longues, toutes noires, leurs doigts qu'on pouvait toucher et qui donnaient l'impression d'être en cuir. Je retrouvais leur bonne tête aux yeux tristes et leurs oreilles d'homme. Je n'avais pas besoin de leur donner à manger pour qu'ils s'intéressent à moi. On se connaissait bien. Les enfants non plus n'avaient pas changé. Le temps ne passe pas par le jardin des Plantes.

C'est le premier endroit que j'ai choisi quand je me suis levé. J'ai reçu la feuille du laboratoire. Je me suis caché pour l'ouvrir. Je n'étais pas sûr de mon courage. J'ai lu le résultat, qui tenait peu de place au milieu d'une grande feuille blanche. Je me suis dit que c'était du papier perdu. Sérologie négative.

Je n'étais pas délivré. C'était une sensation étrange. Je pouvais repartir en courant, retrouver mon rythme, mes joies, pourtant ce n'était pas fini, je sentais quelque chose d'immobile en moi. J'ai compris que les angoisses s'agrippaient, que je n'étais plus le maître, qu'elles survivaient à ma volonté de les faire disparaître, qu'elles survivaient à l'absence de raison d'être.

Les angoisses obéissantes du passé n'existaient plus. C'était une autre espèce, plus grossière, plus sauvage, à notre ressemblance d'adultes abîmés et avides de temps.

J'ai donc fini au jardin des Plantes.

J'avais toujours interdit mon cabinet aux enfants. Je ne recevais personne au-dessous de 15 ans. J'avais bien fait. Les enfants que je regardais autour des singes n'étaient pas malades. Je n'avais pas de mauvais souvenirs pour eux, pas d'inquiétudes pour ralentir leur course, pour leur faire des croche-pieds. Ils allaient vite. Ils ne boitaient pas. Ils ne traînaient pas de jambe atrophiée. Ils ne fasciculaient pas. Ils respiraient souplement, avalaient bien. Les uns remplaçaient les autres. On ne voyait pas les différences. Ils tournaient au même endroit, sans costume, sans pose. Eux aussi étaient éphémères, mais ils ne disparaissaient pas, ils duraient dans mon impression familière, ils duraient dans ma nostalgie. Quelquefois ils m'appelaient, ce qui prouvait qu'ils n'étaient pas morts.

Ephémères mais pas morts.

# ÉPILOGUE

Il faut pardonner aux médecins. Le pardon devrait être obligatoire. On devrait condamner ceux qui ne pardonnent pas. On devrait inventer le délit de non-pardon, le délit de rancune. On devrait être très intolérant avec ceux qui ne comprennent pas le sens du pardon. Il faudrait le leur arracher, par tous les moyens.

Le pardon, je ne l'ai pas rencontré souvent en médecine. Ils sont encore plus rares que dans la vie, ceux qui pardonnent franchement, avec amour, pas seulement pour soi mais pour tout le monde, pour l'humanité entière.

Je l'ai rencontré une fois, chez une jeune patiente tétraplégique, qui pensait que je la protégeais. Elle a 25 ans, elle restera toute sa vie paralysée par une maladie qui lui a détruit la moelle épinière, une sclérose en plaques incroyablement agressive. Je la suivais doucement, tranquillement. Tout allait bien et puis, elle commence une poussée qui ne répond à aucun traitement, qui s'aggrave brutalement avec une violence sans mesure, comme les tempêtes en Méditerranée. Je le sais, parce que j'y ai perdu quelqu'un que j'aimais bien. Je n'y étais pas. Je pense que je n'y pouvais rien. Mais ne peut-on vraiment rien aux noyades ? Aux accidents du monde ? Je n'étais pas sûr d'être sans responsabilité, quand ma patiente m'a pardonné, d'un beau regard, d'un clignement de ses paupières, le seul mouvement qui lui reste.

Je suis arrivé à ne pas prendre de pose devant elle, à sortir de ma blouse. Je suis arrivé à ne pas lui parler, à rester en silence, à me montrer comme je suis, sans chercher à corriger son regard. Je n'ai pas demandé pardon pour moi. J'ai demandé pardon.

J'ai du mal à retourner dans cet hôpital, dans cette chambre de réanimation où ne restent que ceux qu'elle aime. Je devrais y aller plus souvent. Je ne peux pas. Je lui envoie des pensées, du cœur, des choses qui ne me prennent pas de temps, mais que je donne.

J'ai eu envie de lui dire que je ne n'étais pas responsable, ce qui était vrai, dans un sens médical, mais elle croyait qu'il ne lui arriverait rien avec moi, même si je ne m'étais pas engagé à la sauver. La question n'est pas de savoir si je méritais cette confiance, mais si je l'acceptais. Or, je l'avais acceptée. J'avais accepté d'endosser ce rôle de porteur de confiance. Je n'aurais pas dû la suivre, moi qui n'ai échangé que de la méfiance avec la médecine. Je n'aurais pas dû participer à ce mensonge. J'aurais dû la diriger sur Noé ou un autre. C'est dans nos mensonges que la médecine nous piège.

C'est lourd à porter des souvenirs de médecin. On peut essayer de les cacher, les traiter par le mépris, par la gravité ou par le ridicule. Ils ne se laissent pas faire. Ils sont libres. Ils n'ont pas besoin de notre accord pour leur survie. Ils ne ressemblent pas à ceux qui dorment tranquillement dans notre esprit, calmes, dépendants, choisis pour notre bénéfice. La médecine ne se laisse pas filtrer, elle impose sa propre mémoire. Jusqu'à votre rencontre, elle attend dans cette boîte de Pandore individuelle que l'on vous offre, comme cadeau de bienvenue, lorsque vous prenez une fonction hospitalière. Elle enferme tous les maux de la terre. Connaissant déjà son contenu, on l'ouvre quand même, ce qui est impardonnable.

Il y a une histoire qui compte beaucoup pour moi. C'est d'elle que tout vient. Ce grand chagrin, presque plus grand qu'un chagrin d'enfance et plus long, qui devrait s'arrêter, je l'espère, à la fin, qui ne devrait pas durer éternellement. Qui pourrait me le promettre ?

Je pleure tout le temps en pensant à cette histoire et tous les jours, et toujours... Des larmes de clown, de crocodile, des larmes de médecin.

Il faudrait trouver une solution pour les sanglots. Par certains côtés c'est libérateur, mais par d'autres, c'est un problème dans la vie, socialement. Je me demandais pourquoi j'étais si peu loquace dans les dîners en ville, dans mes relations avec les inconnus. Je ne parle pas, parce que je pleure. Les larmes occupent énormément. Les sens, la mémoire, l'intelligence. Elles monopolisent les idées sans rien laisser pour les autres, plus rien pour les conversations.

Je l'ai vécue de deux façons, ma grande affaire, officielle et officieuse.

La manière officielle, je m'en suis servi pour les comptes rendus et la présentation du dossier aux staffs. Une femme, âgée de 32 ans, se plaint de céphalées évoluant par accès, dans un contexte anxio-dépressif. Entre les accès, la patiente décrit un fond douloureux permanent. L'examen neurologique est normal. On débute un traitement de fond antimigraineux, partiellement efficace. La persistance des crises associée à une réaction dépressive conduit à la prescription d'un traitement tricyclique. Un scanner cérébral avec injection est réalisé, interprété comme normal. Sous traitement, l'état de la patiente s'améliore avec persistance d'un fond céphalalgique. Trois mois plus tard, elle est admise aux urgences en coma dépassé. Le second scanner montre une dilatation triventriculaire majeure. La patiente décède le soir. Une autopsie pratiquée retrouve une masse d'allure pseudo-tumorale enclavée dans le troisième ventricule, à l'origine du blocage de l'écoulement du liquide céphalo-rachidien et de l'hypertension intracrânienne létale. L'examen anatomo-pathologique reçu un mois plus tard conclut à une cysticercose, parasitose intracérébrale, avec un kyste ventriculaire non calcifié.

Voilà l'histoire. Elle intéresse beaucoup les neurologues. Une histoire pleine d'enseignement, a-t-on coutume de dire. Un an plus tard, j'ai reçu un coup de téléphone de la Salpêtrière. On me demandait de présenter ce dossier dans une confrontation anatomo-clinique, grande réunion théâtrale où l'on présente le dossier à un patron « naïf » qui n'a pas le diagnostic et qui doit y parvenir sur les données du dossier, en faisant preuve de brio dans sa démarche intellectuelle. Il a donc fallu que je présente cette observation, devant tout le monde, tout seul. Diset, mon patron, n'avait pas pu se libérer ce jour-là. Ça ne l'arrangeait pas cette date. Ça ne l'arrangeait pas cette jeune femme morte dans son service, suivie par son chef de clinique pour une migraine banale. J'étais seul avec elle, de toute façon, et cela n'avait aucune importance, mais j'aurais bien aimé qu'il m'aide ce jour-là, qu'il soit à mes côtés. Pour Mifaget non plus, il n'avait pas été présent.

Diset n'est pas là.

Le patron interrogé a trouvé facilement le diagnostic, sans la moindre hésitation. Le premier scanner n'était pas normal en réalité. Les ventricules étaient déjà dilatés. Je n'avais pas regardé comme il le fallait. En pratique, il aurait suffi de faire une IRM, qui aurait révélé le blocage. Le traitement aurait consisté en une dérivation chirurgicale et des médicaments anti-parasitaires qui l'auraient guérie.

Cette histoire, je me la raconte différemment. J'ai rencontré cette patiente lors de mon premier après-midi de consultation, huit jours après ma prise de fonctions. Pour ces premières consultations autonomes, dans ma grande blouse de chef, je n'avais que des doutes, maladivement, pour tous les patients. J'aurais doublé ma consultation avec celle du patron, pour chacun. J'aurais voulu le faire venir pour taper le réflexe que je n'avais pas retrouvé, confirmer l'absence de déficit et la flexion du gros orteil. Les malades défilaient. Les infirmières trouvaient que j'étais lent. Moi aussi. Ma lenteur me surprenait. Tout était pâteux autour de moi. Je parlais, j'écrivais, je pensais lentement. Il a fallu trouver une solution. J'ai pris celle de tout le monde dans ce milieu, j'ai fait semblant d'être sûr de moi. J'ai fait semblant d'aller vite. Je ne posais jamais de questions au patron, à personne, d'ailleurs personne ne se questionnait en consultation, par méfiance. Je me suis pourtant interrogé sur sa migraine. Elle n'était pas typique mais noyée dans une tristesse, dans une lassitude qui recouvrait tout. Sa tristesse ne lui a pas servi. Elle a même été une ennemie mortelle, comme moi. Je lui ai demandé de revenir souvent. Je l'ai trop revue. Ses plaintes sont devenues banales, répétitives. Elle était fatiguée, elle avait du mal à dormir, elle ne parlait presque plus de ses maux de tête, mais de son mauvais état général. Je l'ai fait hospitaliser pour un bilan qui n'a rien montré et j'ai eu son scanner entre les mains. J'avais dû le faire réaliser en externe, les délais à l'hôpital étant trop longs. Il aurait fallu aller plaider sa cause au téléphone, demander. Ce scanner, je l'ai bien regardé, centimètre par centimètre, mais je ne savais pas ce qu'il fallait voir. J'aurais pu l'analyser à la loupe, au microscope, cela n'aurait rien changé. Je n'avais pas encore appris à saisir globalement une image, à la laisser venir, à ne pas la segmenter, à laisser les évidences apparaître dans la vue d'ensemble, les évidences qu'on voit de loin et qui disparaissent quand on s'approche, comme en peinture. Je n'avais pas reculé assez. J'avais regardé l'image, le nez collé, comme un myope.

J'ai montré plus tard les clichés aux collègues. Les avis étaient partagés. Beaucoup d'entre eux les trouvaient quand même un peu larges, les ventricules, et de plus en plus, à mesure que je racontais mon histoire. Les chers collègues sont rarement tendres avec les erreurs qu'ils n'ont pas commises. Les vôtres décuplent leur énergie. On ne les arrête plus, quand il s'agit de les juger. Vadas en avait fait l'expérience avec l'expert qui trouvait toute erreur médicale impardonnable, qui voulait une médecine propre, lavée des médecins sales qui la souillaient de leurs faux diagnostics. Ça ne me gênait pas, qu'on les trouve dilatés ses ventricules, au contraire. Celui qui ne le remarquait pas perdait ma confiance. Je n'étais pas entouré d'amis à l'hôpital et je ne demandais pas d'amitié. Quelqu'un m'a aidé pourtant, un autre chef de clinique avec qui je travaillais et que je n'ai pas revu depuis. Il s'appelle Jacques Klein, c'est son nom. Il n'y avait pas de lien particulier entre nous. Je lui ai montré le scanner sans lui raconter l'histoire. Il l'a très attentivement regardé et il a compris. Il m'a simplement dit « Moi non plus, je ne l'aurais pas vu ». C'était peu. C'était beaucoup. Je n'ai pas prolongé la conversation parce qu'elle avait serré ma gorge, la réponse de Jacques. Ça suffisait.

Le jour où l'on m'a annoncé que ma patiente était morte aux urgences, l'interne m'a d'abord dit qu'on ignorait la cause de son décès. Je n'ai pas envisagé une origine neurologique. J'ai d'abord pensé à un suicide, puis aux causes de mort subite : embolie pulmonaire, troubles du rythme cardiaque... Je me suis surtout dit qu'elle avait dû faire une complication au traitement que je lui avais prescrit, une torsade de pointe, une tachycardie ventriculaire... Je ne pensais qu'à ça. J'ai demandé qu'on me sorte le dossier en urgence, pour vérifier qu'un électrocardiogramme avait bien été réalisé avant la mise en route du traitement. Je me suis découvert dans cette angoisse, sueurs, mains fébriles, mal au ventre. C'est un mauvais souvenir. Je ne pensais pas alors à ma patiente, je pensais à ma carrière, mon avenir, mon renvoi du service, mon procès, ma radiation. Je me suis même dit que si je ne trouvais pas son tracé, je le remplacerais par un autre. Je ne m'étais jamais vu lâche à ce point, je faisais ma connaissance. J'ai trouvé son électrocardiogramme, qui ne montrait pas d'anomalie. J'étais rassuré, mais j'avais perdu des illusions sur moi-même, ou gagné des vérités.

L'interne me rappela une heure après pour me dire qu'un scanner avait été fait, qui avait montré la dilatation majeure des ventricules avec une masse d'allure tumorale. C'était donc bien de ma spécialité qu'elle était morte.

Je suis allé voir Diset pour lui raconter toute l'histoire.

Il a été plutôt réconfortant, relisant le premier scanner sans s'appesantir. Il m'a dit qu'il devait s'agir d'une tumeur maligne qui s'était décompensée brutalement et que le pronostic était, quelle que soit la prise en charge, effroyable.

Je suis parti avec ce mot.

Le soir, son mari est venu me voir. Il m'a beaucoup servi, l'« effroyable » de Diset. Je l'ai répété autant de fois que j'ai pu. J'ai dit aussi « imprévisible », « exceptionnel ». J'ai dit qu'on ne pouvait rien faire dans des cas pareils, que c'était peut-être une bonne chose pour elle, finalement, qu'elle avait évité les rayons, la chimio, les souffrances. Je n'ai pas dit que j'étais désolé. J'ai dit que je restais à sa disposition, que s'il avait besoin de quelque chose... J'ai parlé sans m'arrêter. Un déluge de mots. Le mari était tellement secoué qu'il n'avait plus la force de répondre. Il hochait la tête, livide. Il voulait parler, lui aussi, au début, mais je ne le laissais pas faire. Je l'interrompais toujours. A la fin, il m'a demandé ce qu'il fallait dire aux enfants. Je lui ai répondu : « Je ne sais pas », la seule phrase vraie qui me restait dans cette foule de mensonges, de clichés, de faux-semblants. Elle m'a fait taire, enfin.

J'ai vécu un mois paisiblement en m'habituant à cette tumeur maligne toujours mortelle, que je n'avais pas diagnostiquée, mais à quoi bon... Jusqu'au résultat de l'anatomo-pathologie : cysticercose cérébrale.

Donc, je l'avais tuée.

J'aime les titres des livres de Céline. Ils s'appliquent souvent à la médecine et aux médecins : *Mort à crédit, Voyage au bout de la nuit.*

Il y en a un, que j'aime entre tous, qui chante dans ma mémoire, que je fredonne souvent. Il est plutôt pour les malades, mais pas seulement. Il est pour moi : *Féerie pour une autre fois.*

*Cet ouvrage a été composé et imprimé par*

FIRMIN DIDOT

GROUPE CPI

*Mesnil-sur-l'Estrée*

*pour le compte des Éditions Grasset*
*en janvier 2004*

*Imprimé en France*
Dépôt légal : janvier 2004
N° d'édition : 13106 – N° d'impression : 66058
ISBN : 2-246-66421-7